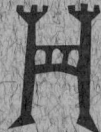

A Guide to the Harry Potter Novels

小説「ハリー・ポッター」案内

ジュリア・エクルズヘア
Julia Eccleshare

谷口伊兵衛 訳
Taniguchi Ihei

而立書房

目次

装幀・神田昇和

小説「ハリー・ポッター」案内

Julia Eccleshare
A Guide to the Harry Potter Novels

Originally published by The Continuum International
Publishing Group Ltd., London / New York
Japanese Translation Rights arranged through
Japan UNI Agency, Inc., Tokyo

はじめに

本書を執筆しだしたとき、ＢＢＣが『ハリー・ポッターと賢者の石』全巻を放送するために、二〇〇〇年十二月二十六日のクリスマスの贈り物の日《ボクシング・デイ》に八時間の放送時間をさく予定だというニュースが飛び込んできた。すでにスティーヴン・フライによって見事に吹き込まれたテープがあるから、これを活用すればこの物語はさぞかし新世代の子供たちに新たな感動を与えるだろう、と期待してのことだった。ラジオ4《フォー》の支配人ヘレン・ボーデンは、子供たちがこの素敵な物語を聴いた日を振り返り思い出すことができれば、と望んだのである。

ＢＢＣが通常放送のチャンネルをさくことは、国家的重要性をもつ決定なのだ。たとえば、ダイアナ妃が一九九七年八月二十九日に殺されたとき、英国および世界各国に告知し続ける一つの方法として素早くなされたことがある。最初は突如、発表されたニュース報道、次には賛辞、解説、回想がチャンネルをふさいでいる間に、英国はこのショッキングで心を揺さぶらせるニュースを取り込もうとしたのだった。

今回は逆に良い予告であり、熟慮の上でなされた決定だった。ボーデンとしても、それを正当化するのに必要な聴衆の数を獲得できるだろうと踏んだからこそ、その決定をなしたのであろう。

このことはまた、J・K・ローリングの『ハリー・ポッター』という、なかば為し終えられた子供たちのための七重奏曲的な物語が、世界規模の文化現象となったことを示してもいた。

ところで、わたしが本書を書き終えようとしている今現在、書店が英国版ペーパーバック、*Harry Potter and the Goblet of Fire*〔『ハリー・ポッターと炎のゴブレット』〕――すでに売り上げた一二〇万部以上のハードカヴァーにさらに一六〇万部の大需要――の販売を阻止することに失敗したという話で新聞は賑わっているし、しかも、封切り間近な映画の悩ましいスチールもしばしば見受けられる。

ローリングによる、うわべは単純で幻想的なこの学寮物語はまさに子供たちのために書かれたものであり、古典たると現代たるとを問わず、あらゆる物語の根本に魅力的かつ手短に触れたり、自由に模倣したり、借用したりしているだけなのだが、これが世界中の子供および大人の頭や心まですっかりつかんでしまったのはどうしてなのか？

これはこの時代だけの本なのか？　千年紀《ミレニアム》の終焉が、新しくて遠い地平線への期待に直面して、静けさと秩序への根深い要求をつくりだしたのか？

冷静で冷淡な批評家たちを称賛の熱狂へとことば巧みに欺いた異常なマーケティング・キャンペーンの、それは受益者だったのか？

子供たちどうしの間にうわさを流す作戦のせいで、子供たちが少年の主人公やその友人たちに惚れ込んでしまい、自分たち自身の強制され保護される一方の生活と対峙したり、物語の人物たちの魔法的生活を羨むようになったからなのか？

それとも、『ハリー・ポッターと賢者の石』およびその続篇──未刊の三冊は言うまでもない──を、ほかのあらゆる本にはない魅力を備えた本として抜きんでるように、J・K・ローリングが作家として何か特別なことをしているというのか？

一つの回答は、どんな本、シリーズ、著者であれ、ローリングをその作家仲間から断然抜きんださせている、大衆的な文学的成功を正当化できるものはかつて存在しなかったということだ。ハリー・ポッターがもたらした現象は、そもそも書物とは何かについての論議を混乱させてしまったのである。

だが、これはローリング自身の責任ではなく、ローリングはこの物語に対して、また作家としての地位に対して、いかなるうぬぼれも、軽率な要求もしたことはないのだ。なるほどローリングはまだ何も出版していなかったときに、七巻シリーズを計画する際には野心的で、傲慢ですらあったことを認めている。だが、いかなる作家であれだれでも、いやしくも出版されるようにするためには或る程度の傲慢さと野心を必要とするものだ。彼女は計画を成し遂げるために懸命に努力したのであり、執筆をスタートさせる前でさえ、プロットを工夫したり、登場人物を練り上げたりするのに五年を費やしたのだった。

このことは、彼女の早期の成功によって出回った、月並みな話が偽りであることを証明する――ローリングはシングルマザーだったために、お金を稼ぐ応急処置として、赤ん坊を傍らの乳母車の中に眠らせながら、エジンバラの湿ったカフェーで『ハリー・ポッターと賢者の石』を書いた、というような。書物の現実にはとてもぴったりしそうな話ではあるが、ローリングは夜逃げしそうな作家では決してない。彼女が独りでこまごまと構想を練ったということは、いろいろの物語の構造を理解していたことや、この構造がそれらの物語をつなぎ合わせる役を担っていることを理解していたことを示している。

だが、ローリングの成功の異常なレヴェルを正当化できるものが皆無だとしても、「ハリー・ポッター」物語がなぜ大衆のイマジネーションをかくもつかんだのか、その明白な理由がいくつか存在するのだ。ハリー・ポッターの世界にあっては、社会に関してすべてのことが魔法的な含みをもっているとはいえ、慣例的であるし、予期されることである。それはその世界独自のありうべき居心地のよいモデルを供していて、頼もしい感じがする。この魔法世界の確実な見込みは一種の安堵を供するのであるが、実はこれとは反対に、ハリーの生命を脅かすような冒険が生起するのである。物語の観点からは、広範なお話の伝統に依拠しており、多くのプロットを含んでいるのであるが、物語全体の核心にあるのは、孤児としてのハリー、主人公としてのハリーである。ローリングは優れて能弁な物語作者なのであって、彼女が構築した頼もしい世界を支配しているのは、善と悪という簡単な価値なのだ。

なかんずく、ローリングには鋭いユーモアのセンスと、楽しませようとする強い欲求がある。児童書の目的に関しては、しばしばメッセージの重要性を強調する論議が幾年も繰り返されてきたのだが、ハリー・ポッターを今日そうなっているような普遍的な少年の主人公たらしめているものは、そうしたただたんに楽しませようとする野心の遂行にあると言ってよかろう。

I 背景

1　一つの現象の打ち明け話

作家を名乗るほとんどの人たち同様、ジョアン・ローリングも出版への道が困難なものだということを悟ったひとりである。彼女が初めて出版のことを考えたのは、マンチェスターからロンドンへの電車の中だった。それからの六年間、ほとんど彼女は書き続けていたのだった。一九九六年にローリングの潜在能力を認めて、彼女が書き続けるのを助けるため四〇〇〇ポンドの補助金を与えた、スコットランド芸術協議会からの財政的な支援と奨励のおかげで、とうとう彼女は自分の本を脱稿したし、続篇への見通しも明確にすることができたのである。

彼女がその本を送り届けた最初の代理人は、それを突き返してきたし、最初の出版社もやはりそうした。二回目で、彼女は代理人クリストファー・リトルによって認められ、リトルはそれから一年をかけてあちこちの出版者（社）にこの本〔の草稿〕を送り続けた。当然のことながら、彼らはそれを突き返してきた。あまりにも長過ぎる、と考えたのが主な理由だった。それでもへこたれずに、その本の売り込みを続けた。そしてついに、ブルームズベリー・チルドレンズ・ブックス社の当時の社長バリ・カニンガムの手で、七巻シリーズとしてスタートすることになったのである。

カニンガムは老練で熱烈な出版人であり、しかも強力な市場を背景にもっていた。入念に選ばれた特色のある書物を掲載した小さな目録を作成していたが、それらのどの本もきわめて広くて強力な宣伝によって販売されていた。彼の業務は新しい作家たちの出版を引き受けることであったし、フィクションではファンタジーを好んでいた。彼がすでに出版してかなりな額の成功を収めたものとしては、別のシリーズの第一巻、キャロル・ヒューズの『どんちゃん騒ぎと逆さまの家』（一九九六年）がある。当今はやりの妖精たちが天井を逆さまに歩き回っている世界についての奇妙な物語である。そして、ジョアン・ローリングの『ハリー・ポッターと賢者の石』はまさしく、カニンガムが探し求めていたような大衆向きの物語だったのだ。

神話や民話、おとぎ話がふんだんにとり入れられている上に、気が進まぬ親類によって育てられた不幸な孤児が十一歳の誕生日に自分の魔法的宿命を知り、ホグワーツ魔法魔術専門学校でその生得の能力を始動させる。平凡な者たちと異能な者たちとが肩を寄せ合う、魅惑的な寄宿学校で、ほかの少年少女の魔法使いたちに取り巻かれて、ハリーはその魔法教育を開始し、ヴォルデモート、つまり、闇の世界に君臨する〝名づけられざるべき者〟に対する権力闘争を再開する。ハリーが赤ん坊だったときの二人の最初の遭遇は、彼が夢の中でほんのちらりと思い出すだけなのだが、その中では、ヴォルデモートはハリーの両親、リリー・ポッターとジェームズ・ポッター（この両親は作中では、闇の権力に対する闘争で発揮した力のゆえにひどく愛され、称賛されている）を殺したのだった。だが、ヴォルデモートはハリーを殺しそこなったため、その代わりに彼の額に特徴のある、稲妻の形をした傷跡を残しておいた。母親の愛の力で、ハリーは気づかないのだが、ヴォルデモートとの最初の遭遇で成功を収める。そして、この成功こそは彼が魔法使いの世界で輝かしい成果を収める宿命にあることを際立たせるものだった。ハリーは生まれつき善を具現し、悪との闘争を遂行する運命にあるのだ。

　児童文学には馴染み深い伝統的な要素も数多く存在する。たとえば、子供たちによって提供される現実逃避的なファンタジーの配合が、寄宿学校を舞台につくりだされる健全なノスタルジーの中に置かれていること。ロアルド・ダール流の出だし。J・R・R・トールキン〔『指輪物語』の作者〕風の含み。〈禁じられた森〉でのナルニア国ものがたり〔C・S・ルイスのシリーズになっている物語〕風のファンタジーの連続。ほかのもっとはっきりした参照点は言うまでもない。これらはアーシュラ・ル＝グウィンがその傑出した『ゲド戦記』四部作（一九六八―一九七二年）において同じように扱い、また、ジル・マーフィが『どじ魔女ミルの大てがら』（一九七四年）に始まる女子生徒魔女物語シリーズで若者向きに書いて大成功を収めた、魔法使いのための学校というアイデアを含んでいる。孤児になった魔法使いたちが自らの真の宿命を見いだす話は、ダイアナ・ウィン・ジョーンズの『クレストマンシー』シリーズ（一九七七―一九八八年）にも現われており、ここでは、やはり孤児のグウェンドレンがその魔力についての真実を――ただし、学校を舞台というよりも家庭を舞台に――発見している。

ハリーの場合、違っているのは、ローリングがこれらすべてを混ぜ合わせていることと、見慣れたものを独創的に巧みに言い換えていることである。彼女が特別に注目されるわけがどこにあるのかと言えば、彼女が複雑なプロットを操作しそれを優れたペース感覚で述べる能力、細部への彼女の注意深い配慮、彼女のユーモア感覚、ある種の泡立つ魔法を付加することにより、見慣れたことを劇的なことへと転化させる彼女の能力にある。

約九万語という児童書としては長すぎるということには、社長カニンガムは心配しなかった。彼が新しい作家とその本について抱く主たる懸念は、彼女の名前にあった。表題『ハリー・ポッターと賢者の石』は少年用の本のように見えたし、カニンガムは少年たちが女流作家の手になるよりも男性作家の手になる本を読みたがることを知っていた。かくして、ジョアンはJ・K・ローリングとなったのであった。そして、この新しい作家とその本を出版する工程がいよいよ開始されたのである。

新進の作家に注意を引きつけるのはひどく困難だから、ブルームズベリー社が行ったことは、製本された校正刷りに鼻につく手紙を添付して、児童書の分野から選び出した著述家、批評家、書店に送りつけて、本が出版されたとき他の人びとの注目を引き寄せるのにふさわしい賛辞をうまく聞き出すという、ありふれたやり方だった。ある人びとは応えた。「素敵なものだ! 日常生活対魔法が適度にミックスされて、異常なものになっており、すごく読みやすくなっている」――ロンドンの人が立ち寄る児童専門店デイジー・アンド・トムのデイヴィッド・モートン評。「この本は気に入った。速度《ペース》と興味に満ちているし、たいそう変わっている。ハリー・ポッターには、『チョコレート工場の秘密』におけるチャーリー・バケットを思い起こさせるものがある……」――ファイオナ・ウォーターズ・アソシエーツのファイオナ・ウォーターズ評。「ミステリー、マジック、登場人物の目を見張らせるような特徴、そして素晴らしいプロット。これは素晴らしい作家・語り手による大胆かつ確信に満ちたデビュー作品だ」――スコットランド書籍トラストのリンゼイ・フレイザー評。しかも、ウェンディ・クーリングからの冒頭部分「素晴らしい読み物にして、かつ素敵な処女小説」なるコメントの先にははるかに充実した、より手応えのある反応が書き綴られていたのであって、「ジョアン・ローリングには明らかに人並みすぐれた想像力が備わっているし、この素晴らしい第一作の小説は、彼女が第二作でなすであろうことを私に十分に予感させてくれる」と続いていたのである。

カニンガムは望んでいたとおりの支持を享受していた。この本の十分な感触は、こういう最初の読者たちの熱狂によって伝えられたのだった。とはいえ、その多くは、宣伝が生みだしがちな、個性のない、取り替えのきく類いの提灯持《ちょうちん》ちなのだが。カニンガムはそれから、表紙のイラストのための人選びにかかった。そして選ばれたのは、ローリング本人同様に無名のイラストレーター、トーマス・テイラーだった。テイラーの表紙カヴァーは物語と同じように、単純で旧式なものである。多くの大量販売される児童書で見慣れていた、あの見掛けのよい、エアブラシ風を欠く、低予算のものであった。テイラーは緋色のホグワーツ特急列車を背景に、男子生徒ハリーの無邪気なイメージを産みだした。あちこち点在する無秩序な星は、魔法を暗示している。裏表紙カヴァーの、ダンブルドアの姿は、(児童書のカヴァーでは見慣れないことでもないが) 物語に対してのテイラーの不充分な読み方を示すものである。ダンブルドアの姿が若づくりの魔法使いになってしまっており、パイプをくわえながら、呪文を含むと思われる書物を握っているのだ。その頭髪と同じように、顎《あご》ひげも頬ひげも褐色になっているが、本文ではダンブルドアの頭髪ははっきりと〝銀色〟として描写されている——しかも、これはハリーが大広間で初めて見かけたとき、幽霊のように鮮やかに輝いていた唯一のものだったのだ。この姿はその後の版では取り換えられており、ダンブルドアの頭髪はなだらかに垂れた白髪へと適合させられている。

一九九七年六月、『ハリー・ポッターと賢者の石』は上述の推薦文付きで初めてペーパーバック版が刊行された。ローリングはこの本を書いたときには、格別に子供向きのものと考えてはいなかったのだが、彼女はこの本をだんだんとそういうものと見なすようになったし、また、それは最初から徹底して子供たち向きに出版されたのである。とりわけ合衆国では、児童書がときとして〝クロスオーヴァー〟の市場を引きつけようとする企てがなされることがあるが、そういうことはなされなかったのだった。印刷された量は処女作としては標準的な部数だった。カニンガムとブルームズベリーが望んだのは、どの本でも、とりわけ新進作家の場合においては、本屋がこれを読んで、内容を知り、顧客たちに興味を起こすようにしてくれることだった。

ブルームズベリーは『ハリー・ポッターと賢者の石』の出版の前に、宣伝のためにできるすべてのことをしてから、〔首尾を〕待った。出版してみると、児童書では普通のことながら、大きな反応とか書評に関する報道とかはすぐには生じなかった。エジンバラに住んでいたため、ローリングは幸いにも、景気のいいだけの書物社会に支えられていた。エジンバラのウォーターストーンズ社はこの本を強力に宣伝したし、とりわけローリング自身を地方の作家として宣伝にこれ努めた。「スコッツマン」紙上には、「……『ハリー・ポッターと賢者の石』は古典としてのあらゆる素質を備えている（中略）。ローリングは古典的な語り装置を品よく独創的に用いており、複雑で骨の折れるプロットをひどく楽しいスリラー形式で述べている。彼女は第一級の児童作家だ」という称賛の書評が載った。

ほかの書評も徐々に続いた。英国では児童書に対しての書評は肯定的であるほかは稀だし、それだけにそれが載るということは、その本が重要だと言っているのとほとんど同義なのである。

またしても、作家としてのローリングの地元では「ザ・グラスゴー・ヘラルド」紙は早目の書評を割き、ハリー・ポッターが急速に子供たちの間でかなりな人気を呼んでいることを突き止めて、「でも私はこの本を読むのを途中で止めることができる子供を見つけなくてはならない。この魔法の代物を」と書いた。全国紙は少し遅れぎみに採り上げた。たとえば、「創作力によって打ち上げられた、たっぷりと質感のある処女小説」――「ザ・ガーディアン」紙。一方では、ロアルド・ダールとの明白な類似を指摘したものもあった。たとえば、「この物語には、数々の驚異とジョークが満ちている。今度は、ダールとの類似を主張してもよい」――「ザ・サンデー・タイムズ」紙。「……ロアルド・ダール以来、もっとも想像性に富むデビュー作品」――「ザ・メイル・オン・サンデー」紙。

児童書の専門雑誌「ブックス・フォア・キープス」も、この新進作家を推奨した。編集者ローズマリー・ストーンズは『ハリー・ポッターと賢者の石』を、一九九七年九月号の「新人材」欄に登場させ、最高の四つ星を与えた。曰く、「若い男女の魔法使いたちのための学校という話は以前にもなされたことがあるのだが、この野心的で、多層的な、あまりにも長い処女小説において、ローリングがつくりだしている新鮮で楽しい魔法学校では、薬液の服用や魔法の歴史の授業があるし、ラグビーはクイディッチという、箒の柄による一種のポロ球技に取って代えられている。学校生活の日々の友情や競争心が、プロットに写実的な基礎を与えており、経験のない少年ハリーは落ち着くにつれて、自分が赤ん坊だったときに父母を殺した邪悪な魔法使いヴォルデモートとの力の対決を迫られていることに気づくようになる。ヴォルデモートは学校に隠されていた賢者の石を盗もうと堅く決心している。それによって、永遠の生命と財宝を獲得しようとするためである。その後に出来《しゅったい》する冒険では、武勇の主題や、〝われわれの心のもつ絶望的な欲求〟を理解する必要が、うまく展開されていく。ローリングはもっとも刺激的で活気に満ちた新しい人材だ」。

ローリングのデビュー作に注目した成人向きの本の批評家たちは、語り手としての彼女の大きな力を認めたし、また、彼女の子供たちへの端的なアッピールを突き止めた。ダールとの類似性も見分けないではいなかった。類似性はあまりに歴然としていたから、ローリングがその物語のいくつかの土台を直接ダールから引きだしたのではないか、との意見を打ち消すのは困難だった。『ハリー・ポッターと賢者の石』の冒頭でダーズリー一家の手先となってハリーが屈辱的な召使い役をさせられているのは、ダールの『おばけ桃の冒険』におけるジェームズの体験をぴったりと映し出している。同じく、ダーズリー夫妻ヴァーノンとペチュニアの身体的に極端な対照を成す描写は、ジェームズの肥ったおばスポンジと痩《や》せたおばスパイカーとの同じ特徴のレプリカに近い。ジェームズは多量の口ひげ以外にはほとんど首がないくらいなのだが、他方、スパイカーのほうは痩せていて、金髪、長い首をしており、これを使って隣人たちを見張るのに役立てているのである。

だが、ローリングはすでに自分の独創的な創造力をも立証したのである。すなわちハリー・ポッターでは、彼女はロアルド・ダールのもっとも良い部分を思い出させるような、依然として本質上は子供っぽさを残しながらも、大人の責任を引き受けることにより大人たちを相手にする力をもつ一人の子供の性格を創出していたのである。

ダールの後継者は永らく探し求められてきたのだった。一九七〇年代以降、風変わりな、もしくは想像力豊かなあらゆる作家が、〝第二のロアルド・ダール〟として歓呼して迎えられてきた。けれども、子供たちにおける人気という点では、彼の後を継ぐような者はどこにもいなかったと言ってよい。もっとも、「マーマレード」シリーズ（一九七九―一九八四年）（第二作目は『宇宙に出たマーマレード・アトキンズ』（一九八二年））のアンドルー・デイヴィスとか、『クリンドルクラックスがやってくる！』（一九九〇年）、『なぐり書き少年』（一九九一年）、『ぴかぴかのキャスパー』（一九九三年）といった、気味の悪い都会の幻想物語のフィリップ・リドリーといった若干の作家は、かなりな量の熱烈な批評を引きつけたし、少数ながらも熱心な読者層を獲得したのではあるが。

ダールは一九九〇年に亡くなったが、彼の本はベストセラーのリストを支配し続けてきた。『ハリー・ポッターと賢者の石』が一九九七年に刊行されてからの数カ月後に、ウォーターストーンズの各書店とＢＢＣが国民愛読児童書のための投票を行ったところ、ダールの最後の重要小説『マチルダはちいさな大天才』（一九八八年）が選ばれた。トップ・テンのうち、さらに六点はロアルド・ダールの作品だった――『チョコレート工場の秘密』（一九六四年）、『オ・ヤサシ巨人ＢＦＧ』（一九八二年）、『おばけ桃の冒険』（一九六一年）、『魔女がいっぱい』（一九八三年）、『まぬけ者たち』（一九八〇年）、『ジョージの魔法の薬』（一九八一年）。実のところ、ここ一〇年間に出版されたものでトップ・テンの中に入った唯一の本は、第十位のジャクリーン・ウィルソンの『裏表のある行い』（一九九六年）だけだったのだ。

とどのつまり、ダールの死によって残された空白を埋めるために、新しい本が必要になるであろうし、英国の出版産業が強く望んだのは、『ポイント・ホラー』や『鳥肌』シリーズを著して、英国でも人気を博したアメリカの作家R・L・スタインが大量の売れ行きを示したようなことが、英国の作家にも生じればということだった。ローリングが著した本は、物語の進め方の点でも文体の点でも、ローリングを納得のいく挑戦者たらしめるのに十分なものを持っていた。

成人向きの本の批評家たちがローリングの思わずつり込ませるような物語り術や、子供たちへ訴えかける彼女の能力に注目したのとまさしく同じように、アダルト書の鑑定家たちも注目して、ローリングを一九九七年度ネスレ主催のスマーティーズ賞の九―一一部門の候補者名簿のために挙げた三名の作家の一人に取り上げたのだった。アダルト書の鑑定家たちによる審査団は、一人の作家、一人のイラストレーター、一人の広報係、一人の批評家から構成されており、彼らは生徒たちの鑑定団により、金、銀、銅の各賞を授与されるべきものとして、『ハリー・ポッターと賢者の石』、フィリップ・プルマンの『時計はとまらない』、そしてヘンリエッタ・ブランフォードの『火とベッドと骨』を選び出した。処女小説が賞の候補者名簿にとり上げられるのは稀なのだが、『ハリー・ポッターと賢者の石』はこれを際立たせるだけの十分な独創的閃光を持っていたのだ。

候補者名簿に載せられるや、ローリングはこの名声もあり、価値もある賞の金賞を獲得する機会に立ち向かった。全国の子供たちによって投票されるこの賞は、作家たちがひどく切望しているものなのである。読者自身により推薦されることになるからである。

無名のローリングが大差で金賞を獲得した。このことはメディアから相当な注目を引いただけでなく、もっと重要なことは、来たるべきこと——子供たちがこの書物を愛しているということ——の徴候になったということである。作者が受けた評判にはほとんど影響されずに、子供たちは彼らがもっとも好きな本に一票を投じたのだ。彼らはローリングの魔法世界を愛したのであり。そして、すぐさまハリーを完全な生徒の主人公と認めたのである。

『ハリー・ポッターと賢者の石』への大人の好意的な反応が、子供たちの行路の中にそれをおいてくれた。だが、スマーティーズ金賞を獲得したことは、子供たちがひどく熱狂的に反応した本として、それを際立たせたのである。出版からわずか六カ月の間に高い人気を得たのだが、そのことはまた、はなはだ異例なことであって、たいていの子供たち向きの本が成功を収めるには数年を要するのである。

翌一九九八年には、『ハリー・ポッタと賢者の石』は子供たちによって選ばれるありとあらゆる主要な児童書の賞を獲得した。すなわち、児童文学連盟主催の児童文学賞、「ヤング・テレグラフ」紙ペーパーバック・オブ・ザ・イヤー賞、バーミンガム・ケーブル児童文学賞、シェフィールド児童文学賞を総なめにした。カーネギー・メダルやガーディアン児童文学賞のような、大人たちによって選ばれる賞の候補者名簿にも挙がったのだ。選に洩れたとはいえ、J・K・ローリングは文学的価値というよりも販売面と人気の点で異例な成功を収めたものに授与される、出版産業自体の運営する二つの賞をかっさらった。すなわち、英国文学賞児童書ブック・オブ・ザ・イヤー賞と、ブックセラー協会／「ブックセラー」誌オーサー・オブ・ザ・イヤー賞である。

これらの受賞からはっきりしたことは、ハリー・ポッターがメディアの誇大宣伝でつくられたのだという一般の見方とは反対に、実を言うと、英国における成功の源は、読んで楽しむための本として子供たちから誠心誠意、熱烈にそれが受け入れられたことにあったのだ。

『ハリー・ポッターと賢者の石』が『ハリー・ポッターと魔術師の石』と改題されて合衆国で出版されると、ただちにセンセーションを惹き起こした。こういうことが起きるかも知れないという徴候は、合衆国版の版権が一九九七年四月のボローニャ書籍見本市でスカラスティック・プレスによって買われたときからあったのだ。当初、米ドルで六桁《けた》の金額だということが伏せられていたのだが、後で、それが一〇万五〇〇〇ドルだと判明することになる。これが引き起こした騒ぎはさらに、エジンバラの喫茶店にこっそりやって来て、赤ん坊が傍らの乳母車の中で眠っている間に、席に着き、書き、暖を取る、苦闘するシングルマザーとしてのローリングというホットなニュース物語へと行きついた。

一九九八年、『ハリー・ポッターと魔術師の石』が合衆国で刊行されて数カ月のうちに、「学校図書館ジャーナル」誌ベスト・ブック・オブ・ザ・イヤー賞、アメリカ図書館協会注目図書ならびにヤング・アダルト向きベスト・ブック賞、「パブリッシャーズ・ウィークリー」誌ベスト・ブック・オブ・ザ・イヤー賞、「ペアレンティング・マガジン」誌ブック・オブ・ザ・イヤー賞を獲得したばかりか、「ザ・ニューヨーク・タイムズ」紙のベストセラー・リストにも登場した。子供向けの本でこんなことになったのは、一九五〇年代のE・B・ホワイトの『シャーロットのおくりもの』以来、初めてである。

『ハリー・ポッターと賢者の石／魔術師の石』の途方もない欧米での成功は、ローリングをメジャーな新進の子供向き作家として確立した。二つの大陸において、子供たちは彼らが実際に読みたがっていたような本の作者を見いだしたのだった。販売部数はいかなる本にも例外的だったし、とりわけ児童書にはそうだった。合衆国での出版動向は、大人たちも、少なくとも子供たちや読書に職業柄従事している限りは、ハリー・ポッターを強く支持するようになっていった。ローリングは大人たちから与えられた賞も、子供たちから投票されたそれも、ひとしくかっさらうことになった。

ローリングと、ハリー・ポッターについての彼女の物語は、一つの現象と化していたのだ。出だしはおぼつかなかったのだが、それでも、すでに立案された読篇は飽くことを知らぬかに見える市場へと送り出される予定になっていたのだった。そして、市場はハリー・ポッターが次に何をやらかすのかを知りたくてうずうずしている。

2　変化する作家──『賢者の石』から『炎のゴブレット』へ

シリーズへの展開

ローリングは四年間で四冊の本を書くために、元の表題をそれぞれの本に合わせてきた。結果として、〝ハリー・ポッター〟が四冊すべてに共通に用いられていて、これらは物語の筋では変化しているが、あらゆる点で同一であるようになっている。

二つの主要な筋道がそれぞれの書物の全体を限定しているのだが、その背後で、シリーズが進行するにつれてますます、ローリングはそれぞれの物語を編み合わせるのに異常な能力を発揮していき、複雑なプロットの数々を相当露骨に操っている。だが、物語というものは劇的事件だけでは十分でない。ローリングは数々の物語を情動的に下支えしている点では完全だし、それら物語を語るやり方では変わっている。しかし、これら両方のいずれもが読者たちの注意をすっかり奪ってしまうことにかかわっているのである。

物語の主要な劇的筋道は、少なくとも表面上は独創的でないし、ときには平凡である

――とりわけ、それぞれの筋道の結末は予想されるものであることを考慮すれば――のに対して、間に挟まれた紆余曲折は異常にも中味がしっかりしている。子供たちの物語にあっては、ありそうだと予想されてきたより以上の好首尾をもってあっぱれに、かつ楽天的に世界が眺められるものだから、予想可能性は馴染みのことである。それがどのように遂行されるかということが重要なことなのだ。「ハリー・ポッター」シリーズのそれぞれのそそり立つ劇的事件は有無を言わせぬものがあるが、シリーズの展開につれて、ローリングは先行の各物語からの細部を利用しながら、現時点での物語へとうねり込むという、難しくなる一方の仕事を自分に課しているのである。

良い物語の本場としての児童書の重要性と成功とは、フィリップ・プルマンが『黄金の羅針盤』で一九九五年度図書館協会カーネギー賞を受賞の際、一九九六年七月に謝辞スピーチで強調したところである。成人向きの作家たちは形式や文体に精神集中するのに対して、児童書は物語りをすることの源に忠実を貫いている点を、彼は主張したのだった。

児童書はそういうものとして出版され、かつより短いという点を除き、はたして成人向きの書物と実質的に異なるのかどうかに関しての論議は、決論を出すのが難しい。しかしながら、児童書には明確な慣行が存在しており、子供の主人公とか、はっきりした善悪感とかへの欲求といったような、多くのものを含んでいる。主たる相違の一つは、強力な、劇的プロットへの欲求である。子供たちが進んで読みたがるのは、気分のせいというよりも、アクションのせいなのだ。彼らは熱中する気分になったとしたら、〝次に何が起きるのか〟を知ろうとする欲求が満たされなくてはおれないのだ。プルマンは良い物語を告げようとさらに動き出すことになる。実際、ミルトンの『失楽園』のテーマに基づく、『ダーク・マテリアル』〔邦訳『ライラの冒険』シリーズ〕なる三部作は、大いなる物語であって、彼はこれを熱情、活力、ならびに著しく生気に満ちたディテールをもって物語っているのである。

　プロットの観点からの成功した物語り術は、興味深くて夢中にさせる筋組みが続くかも知れないと確信させたり、読者を刺激したりすることに従事したりはしない。読者が読んでいる間に情緒的実質の実質的変動を確実にすっかり読者に経験させることも必要なのだ。良い筋立ての役割は、注意を保つという皮相なもの以上に、読者に対して夢想したり、成長したり、旅したりすることを可能にすることにある。

　『ハリー・ポッターと賢者の石』には、見かけは単純ながら、こういうすべてのことをする能力がある。ローリングは魅惑的な語り手であるし、その技量は明白な語り体のドラマにあるのではなくて、細心綿密な細かいプロット構成にあるのだ。

　それだから、ローリングはその物語のプロットのためにも細部のためにも、多くの典拠に基づいており、彼女が用いている二つのもっとも永続的な筋は、ヨーロッパ文学全体に流れている共通なものなのであって、これらが四つの『ハリー・ポッター』本すべての支えとなっている（後のものでは細部においていくらか変異が加わっているが）。『ハリー・ポッターと賢者の石』の冒頭のシーンでは、ハリー・ポッターは思いやりを欠く親戚の下で生きる孤児として朝食を作らされたり、無給の使用人として扱われたりしているが、これはシンデレラの伝承にぴたり当てはまる。文学を通して幾度も繰り返されてきたことだが、襤褸《ぼろ》を富と取り替える、大きな生活変化の可能性は、例外なく魅力的である。こういう変化への可能性はまた、人びとをして国営宝くじに駆けさせたり、〈誰か百万長者になりたい人は？〉といったテレヴィジョンのゲームショーに出演させたりもするのである。

とりわけ子供たちにとっては、シンデレラという根底にある原理は、もっとも不安ながらも、満足を与えるものの一つなのだ。この話の筋の単純さこそは、いかに多くの子供たちが自分自身を子供と見なしているのと同時に、自分自身を大人と見なしたがってもいるかということの、まさしく例証である。この筋は彼らをして、骨折り仕事のような感じのする従属状態から、優位な状態へと移動することを可能にするからだ。隠喩的に言えば、この話の筋は、彼らをして成長し、自分自身の生涯を制御することを可能にするのである。

どのシンデレラとも同じように、ハリーが自分の本当の正体を知るとき、精神的に豊かになるだけでなく、金銭を手に入れることにもなる。小遣い銭さえ持ったことのない彼が、

〔魔法界の銀行〕グリンゴッツの地下貯蔵室に不思議な金が充満しているのを発見するのだ。両親がどうして彼にそれほどたくさんのお金を残すことができたのかの理由は決して説明されない。そうする必要がないのだ。とにかく、ハリーがただちに訴えかけてくる魅力の一部は、彼がお金を持っているということである。彼には家族がいないということは、いくぶんかは、彼が物を何でも買えるということで埋め合わせできるのである。

赤貧から大金持ちに至るということこそは、ローリングのプロットの即座に訴えかけてくる魅力の一つの構成要素である。だが、ローリングはまた、ハリーに明確な運命をも与えたことになる。彼はアーサー王の騎士たちのような主人公なのだ。つまり、この少年は石から剣を引き抜くことができるし、また、世界の未来を形づくることに一つの役割を演じる宿命を負っているのである。

家庭状況が激変する運命にある一人の子供として、ハリーをしっかりと確立してから、今度はローリングはハリーがありとあらゆるやり方で自分の能力を立証するためにやり通すべき、一連の劇的状況を導入している。文学とかコンピューターゲームにおけるどの主人公でもそうだが、ハリーも常に或る任務を帯びている。ローリングは探索の力を利用して、物語の進展に一つの構造を授けたり、探索を企てる人びとに道義的威信を与えたりしようとしている。

この点では、ローリングはまったく伝統的であって、並外れてはいない。ハリーは、闇の諸力の指導者ヴォルデモートとの闘いでは善の諸力を代表している。母親の愛の特異な力に守られた彼は、ヴォルデモートによる彼の両親への攻撃の後まで生き残ることができた。こういう役割では、ハリーはいくらかシンボリックにではあるが、クイディッチで生まれながらの腕前を有するスポーツマンらしい主人公の役を演じてさえいる。ハリーの自らの役割に関しての推測の欠如――彼はパーセルタング（蛇語）を話せるのだからスリザリン寮に入るのかも知れないという恐怖におけるような、自己の価値についての彼の懐疑――は、たんに〝善〟の行為であるという観念が示唆するかも知れない以上に、彼をより興味深くしている。彼は自分に生起することでは本質的に変えられたりしない。依然として自分の役割をやり抜き続けているのだ。しかし、ローリングはハリーの主要な課題がそれぞれ取り組まれ解決されるにつれて、人間的な特徴や魔術的な特徴で縒《よ》り合わされたもろもろの物語を利用することにより、できるだけ上述の限定を克服している。魔法を含めることにより、ハリーは格別に、そして彼の友だちはやや控え目に、シリーズの展開とともにより臨機応変の才能を発揮できるし、したがってまた、より興味深くもなりうるのである。

ハリーを〝善〟の代表者として限定し、したがって、彼がいつも成功するだろうと確信させたりしているとはいえ、ローリングは子供たちが、後に解決されうるような恐怖で狼狽させられるのを好むことを理解している点では、想像力豊かであり感動的である。ローリングは、吸魂鬼《ディメンター》たちから予想される結果が無事であっても恐れさせずにはおかない緊張感と、ぞくぞくするような効果とを創りだすことができるのだ。

ハリーの英雄的な解決策は半ば人間的、半ば魔法的であるのとそっくりに、課題の数々も同じようになっている。いくつかの課題は世俗的であり、これらを解決するのに人間の身体的・情緒的特性に頼っているが、いくつかの課題は魔法的であり、ハリーがホグワーツ校で学ぶことを利用している。

ハリーの孤児としての役割、そして、ダーズリー一家との関係は、シリーズの最初の四巻を通してほとんど変わらない——魔法世界における彼の生活が進展するにつれて、この一家はより滑稽になり、彼のほうは一家からより遠くに身を置くことになる——のに対して、彼の英雄的な役割は大いに発揮されてゆく。

『ハリー・ポッターと賢者の石』が出版されたとき、四つの物語全部と、さらに出るべき三作がすでに計画されていたこと、したがって、これらは『ハリー・ポッターと賢者の石』の予期せざる成功にもとづき出版される、後からの追加ではなくて、元からの構想の不可欠な一部分だという事実は、このシリーズを唯一の単位と見なす傾向を増長させる。

ところが、多くの事柄——とりわけ、ハリーとヴォルデモートとによってそれぞれ代表されている〝善〟と〝悪〟との間の闘争という根底にあるテーマ——によってはっきりと統一されているとはいえ、それらはローリングの作家としての発達を反映して、はなはだ異なる四巻をなしているのである。

ローリングの処女小説の経過におけるように、未知の初めての作家からベストセラー作家へという急激な移行は例外的なものである。『ハリー・ポッターと秘密の部屋』が刊行されたときでさえ、それは途方もない期待をいっぱいに含んでいた。ローリングの厖大な読者層は、同じことをもっと欲していたのだった。『ハリー・ポッターと賢者の石』の刊行後たった二年で、『ハリー・ポッターとアズカバンの囚人』が出たときには、ローリングへのプレッシャーは成功した作家から国際的なメディア・スターへと拡大していた。彼女の読者層は伝統的な児童書のマーケットをはるかに超えて拡大していたのだ。文学界では、『ハリー・ポッターとアズカバンの囚人』はまず、トマス・ハリスの『ハンニバル』に挑戦し、それからシーマス・ヒーニーの『ベーオウルフ』に挑戦した——前者は販売部数での闘いにおいて（結局、ローリング本が勝利した）、後者は二〇〇〇年度ウィットブレッド児童文学金賞を目指して（ローリング本はぎりぎりのところで惜しくも取り逃した）。

これらいずれの手柄はどの本にとっても異例なことであろうが、児童書にとってはそれこそ空前のことなのだ。けれども、ローリングはシリーズへの当初の計画や最初の読者たちへの忠誠を貫いたのであり、『ハリー・ポッターとアズカバンの囚人』も、当初に意図されていた子供たちにとって楽しめるようにするという、最初に決めた枠組みに密着させられていたのだ。なかんずく、彼女は大人たちも自分の本を読んでいることを知っていたのだが、彼らのために書くという誘惑に屈することは決してなかった。

これほど注目を浴びていたにもかかわらず、ローリングは作家として実験しようという余地はほとんど持ち合わせなかった。自分がつくりだした世界および登場人物たちにあまりにも強く共鳴している読者層に対して大きな危険を冒すことは、彼女にはとてもできなかった。シリーズの構造そのものからして、表題どうしの反復と類似性を促していたし、場合によっては、ローリングは『ハリー・ポッターとアズカバンの囚人』で同じことをもっと生じさせても許されたかも知れない。その代わり、しかも大変名誉なことに、彼女は成功を収めた魔法使いの寄宿学校という構造の価値を損なうことなく、さらに独創的な登場人物をつくりだしたり、さらに大きな情動の道を切り開くためにより複雑なプロットすらをも引き延ばしたり、といった両方のことに創造エネルギーを用いたのだった。現在までのところもっとも暗い本である『ハリー・ポッターとアズカバンの囚人』は、最初の二冊が認めていた以上に、真摯な作家としてのローリングを証示している。

『ハリー・ポッターとアズカバンの囚人』のあらゆる面での圧倒的な成功は、『ハリー・ポッターと炎のゴブレット』に対しても、ほとんど予測不可能に近い期待を惹き起こした。それの刊行は、書物が二〇〇〇年七月八日土曜日午前十一時まで禁止されたために、ドラマを孕んでいた。ローリングは今や期待のさなかで書いていたのであって、次に何が起きるかを知ろうと騒ぎ立てている子供たちは言わずもがな、拡大しつつある成人読者層をも満足させなくてはならなかった。『ハリー・ポッターと炎のゴブレット』は最初の三冊から直接すぐ後を追っているのだけれども、ローリングが作家としての状況によって影響を受けていなかったかどうかということは注目に値するであろう。作家としての自信が増したために、彼女は学寮物語の限界から解放されたのだ。その結果、彼女は舞台、状況、作中人物を展開させるための余地をさらに手にすることになった。だが、『ハリー・ポッターと炎のゴブレット』は、初めの二冊よりも構成の仕方が入念でないために、全体のまとまりとしてはあまり満足のいかない結果となっている。それはしっかり織り込まれた語り体というよりも、プロットをまとめ上げた一連のドラマティックな類型的作品なのである。

しかし、ドラマティックな強度で失われたものは、より活気があり、よりユーモアにも富んでいるローリングの書き方で、ちゃんと埋め合わせがなされている。彼女は新しい記述力を発揮しているし、彼女のパロディーを先鋭化させているし、さらに、複雑な魔法装置を存分に展開させているのだ。彼女はまた、ハリーが冒頭から直面した究極的な危険――ヴォルデモートの手にかかっての死――に、より直接的に対峙することに関しても大胆である。死ぬのはハリーではないけれども、ローリングはあえて他の生徒がヴォルデモートとの葛藤レースの歯車に敷かれて死ぬようにさせるという危険を冒している。

『ハリー・ポッターと賢者の石』

子供たちをすっかり魅惑させてしまった『ハリー・ポッターと賢者の石』は、ひと目見たところ、変わりばえしないし、伝統的であるし、なんといっても独創的ではない。そのプロットは、賢者の石が悪人の手に落ちるのを阻止しなければならないという、ごく単純なものである。善・悪の力といったような、くっきりと規定された徳性が相互に勢ぞろいさせられている。逆境を超えてヒーローに上りつめる、ありふれた孤児たるハリーをも含めて、型にはまった成人・子供の登場人物たちが割り振られている。

目的を達成するために、この作品はあらゆるジャンルの書き物――おとぎ話、学寮物語、ファンタジー、スリラー――に依拠しているし、それらすべての最上の語り的性質を出し合い、そして、こうすることにより、不思議、驚異、興奮といった古典的な成分で一杯の物語を創り出し、これに満足すべき正当な解決策を付している。

ハリー自身を創造することで、ローリングは技倆を発揮し、一人の登場人物をうまく設定したり、彼を形づくるもろもろの環境を設定したりしている。ダーズリー一家の手でハリーがあまりにも卑しく扱われているが、こういう過剰ぶりは、彼がホグワーツ校に到着したときの彼の英雄的な役割と同じくらい、現実離れしている。ダーズリー一家の下にいる間は、ハリーは部外者として扱われている。彼は一家の者の誕生日の行事のときには置き去りにされるし、彼自身の誕生日にはプレゼントが贈られることもない。逆境における彼の我慢強さと冷静さはうまく設定されており、虐待されているにもかかわらず、情緒のたくましい者として彼は目立たせられているが、しかしまた、どこまでも憎たらしい従兄弟《いとこ》ダドリーに対して、巻き返しに出るだけの十分な精神力が彼に授けられてもいるのである。

ハリーは多くの点で犠牲者であるとはいえ、ローリングは子供虐待のあらゆる問題に関しての当今の、高まった感性をよくわきまえている。ハリーは別に身体的虐待を受けてはいない。彼が蒙っている最悪のこと、それは非難と無視なのだ。ハリーが欠乏しているものについてのほとんどの描写は、ダドリーが持っている過剰さ――多すぎるプレゼント、多すぎる食べ物、二つもの寝室――と皮肉な対照をなしている。結果として、ハリーへの冷遇の外面的な表われは、階段下の寝室や友人の居ない状態におけるように、当初は不安な印象を持たせるけれども、それはすぐに無視されてしまい、あまり脅威を与えなくなっている。ロンドンへの特別な一日旅行のときに購入された、ダドリーの新調の学校の制服には、えび茶色の燕尾服、オレンジ色のニッカーボッカー〔膝下までのズボン〕、麦わら帽〔ボート乗り用〕、スメルティングズ杖――一種の節くれだったステッキであって、ローリングはこれを、少年たちが教師の見ていないときに互いに打ち合うために使うものとして、したがって、後の人生にとって良い試練になるものとして描述している――が含まれている。この皮肉な描述は、スメルティングズ校での生活を不快かつおそらくは不健全なものとして退けている。対照的に、ハリーの新しい学校の制服のために、ダーズリー夫人がダドリーの灰色の数着の古着を染めようと、滑稽な準備に取り掛かるのはあまり大したことでない。ダーズリー一家は明らかに何の値打ちもないのだ。彼ら一家によるハリーへの冷遇は、ハリーの力の一部なのである。

ダーズリー一家が懸命に阻止しようとするにもかかわらず、ハリーはこうしたカリカチュア化された現実主義から、彼の新しく見いだされた運命へと運ばれていく。ローリングはこの移行をうまく扱っている。つまり、ホグワーツ校からのハリー宛の最初の手紙――「階段の下の物置の、H・ポッター氏へ」と呼びかけられており、何かが起こっていることをダーズリー一家にただちに警告する、内幕に通じた者の知識を漏らしたもの——から、遠く離れた島での明らかに安全装置のついた隠れ場の丸太小屋でのハグリッドの劇的な出現に至るまで、しだいしだいに魔法を導入しているのである。未知なる魔法発信人の強まっていく知力を、ダーズリー一家の怖《お》じ気づいた、単調な反応と対照させることにより、この一家の不適切さがいよいよ強調されるのに対して、ハリーの立場や性格はますます強まってゆく結果になっている。

ローリングはナイーヴな言い回しをしがちな新米の作家であるのと同じく、強力な語り手でもある。彼女はペースを抑制しながら、かつ読者をじらせたり推測させ続けるのに十分な紆余曲折をもって、単純な話を器用に語る能力をもっている。彼女は控え目なユーモアにより、かつお説教をすることなく、いろいろの考え方をそれとなく仄めかすことができるのだ。結果として、『ハリー・ポッターと賢者の石』は、恐ろしいと同時に頼もしい、変わっていると同時に悲哀に満ちた物語となっている。魅惑したり楽しませたりするのに十分な、完全に安全であると同時に独創的でもある舞台から、陽気な冒険を提供しているのである。

だが、ローリングのプロット管理は印象的だとはいえ、物語それ自体は大したものではないかも知れない。それを強化しているのは、人種差別主義と寛容についての根底にあるメッセージであり、これが軽くではあるが、しっかりと物語構造の中に織り込まれているのである。

ローリングがその各物語の平行的な世界で創出している魔法の場所にしても、よく練り上げられている。立派なファンタジーはすべて、完全な〝別〟世界を必要とするのであり、ホグワーツ校や、まずその周囲において、しかしまた、それの都会的顕現たるダイアゴン横町においても、ローリングは魔法の規則が適切に管理される確実な環境を築き上げている。

こういうすべての点で、『ハリー・ポッターと賢者の石』は見慣れた基盤に立脚しているし、ローリングはこれらを結びつけることでは技倆と理解力を示している。この作品をありきたりのものから引き上げているのは、ローリングの創意工夫と、喜劇的な時間調節とである。最上の例は、彼女のディテールへの配慮であって、これこそが、原作を弄《もてあそ》ばせることにより面白がらせるだけのありふれたそれとは違った、魔法的な異版を創りだすことを彼女に可能にしているのである。角かっこ（「」）で添えられた神経質なくらい細々したホグワーツ校のための備品リストや、ホグワーツ校のお役所風な局面の窮屈な様子――校長による資格認定の印象的でやや狂気じみたリストはその一例――は、他のすべての学校にとっても、もっとも歴然たる見本になるものだ。これらのおかげで、子供たちは既知のそれから、ローリングが創出している、同じものの魔法的で創案的な版へと、たやすく旅することが可能となる。生徒がどの寮に入るべきかを決めるためにかぶる、組分け帽子のような、独創的な魔法的筆法とか、それぞれの寮への入口を護っている〝生々しい〟肖像画とかもやはり、ローリングのもつ創造的な工夫のセンスを証示するものである。

　これらすべてのうちでも、クイディッチという空想的スポーツ――どのスポーツにも必ず含まれるあらゆる細部を捉えており、スポーツする主人公たちの高い社会的身分は言うに及ばず、装備への熱中、チーム、滑稽なルール、を混ぜ合わせている――の導入において、ローリングは支持されるだけの、細かなパロディーを創出する能力の程度と、彼女の独創的な語彙の幅とを明らかに示している。――直接プレーヤーに飛んでくるボールたる、クアッフル〔サッカーボール大の赤いボール〕、金のスニッチ〔くるみ大の金色のボール〕によるゲーム、あまりにも込み入っているために、主たる目標に到達すると、そのゲームをチームに負けさせかねないようなスコア・システム、箒の柄を飛ばすチームにより三次元の中で行われるゲーム、といったこういう考えは、想像力豊かな離れ業《わざ》と言ってよい。

　このゲームを考えついてから、ローリングのさまざまな箒の柄のそれぞれの値打ちについての妄想に取りつかれたような会話についての完璧な擬態、『ハリー・ポッターとアズカバンの囚人』においてハーマイオニーがハリーの誕生日に彼のために箒の柄の組み立て用部品一式を贈るときのように、装備にはらわれた、心のこもった配慮、絶えず装備を一新する必要性、さらには、この装備をもつことと結びついた身分、これら一つ一つがこのゲームを物語の中に埋め込んでいるだけでなく、このゲームを他の〝実際の〟あらゆるスポーツと結びつけてもおり、結果として、このゲームをローリングが読者と共有する、それと分かるジョークたらしめているのである。

クイディッチ・プレーヤー、とりわけ探求者としてのハリーの生来の技《わざ》がミネルヴァ・マクゴナガル先生に示されると、先生からうまく動かせる箒の柄のプレゼントが彼に褒美《ほうび》として与えられる。ロン〔ロナルド・ウィーズリー〕は正確にはそれがどのモデルに基づいているのか、またどの点でそれがドラコ・マルフォイの箒の柄よりも優れているのかについての端的な知識をひけらかすことにより、箒の柄の品質に関しての羨望と、ハリーの驚くべき技《わざ》への誇りとを一緒に綯《な》い交ぜている。マルフォイのロンへの反応は当然ながら嫉妬深いものなのだが、それとは対照的に、ロンのほうは、自分がちゃんとした箒の柄を持っていないことは自分の貧しさを苦々しくもくっきりと示しているのだということに気づいている。

最初のクイディッチ試合に関しての、リー・ジョーダン〔ウィーズリー家の双子フレッドとジョージの友〕の同じくパロディー化されているのが明白なスポーツマンらしいコメント——個人的な偏見じみた余談から成っている――は、ファンタジー・スポーツのさらなる書き込みであって、これ自体が「ハリー・ポッター」シリーズのもっとも成功した成分をわれわれに供してくれている。

『ハリー・ポッターと賢者の石』で読者の注意を引く当初の力が、魔法的な潤色を施された優れた語りと、それの強力な場所感覚とにあるとすれば、ローリングの作中人物たちもやはり子供たちに訴えかける強力な魅力を有している。不幸な幼年時代から救出されて、ホグワーツ校と自らの魔法的な運命へと移されることになるハリーは、まったく勝ち目のない主人公である。まさしく英国的創案たる彼は、旧式な〝ありふれた少年〟(everyboy)だ。公立学校の文学の最上の伝統に立って、ハリーは逆境を勇敢に、しかも明らかに平然と克服してゆくのだ。

ハリーをより魅力的にしているのは、絶えず自信喪失を深めるさまざまな要因――パーセルタングを話せること、自分とヴォルデモートの魔法の杖とのつながり、自分をスリザリン寮に入るよう決めるかも知れない組分け帽子――が存在するにもかかわらず、これから立ち直っていっているという事実である。全体を通して、ローリングはハリーとヴォルデモートとの間の根底にある不吉な絆を維持し続けている。『ハリー・ポッターと賢者の石』では、彼に早々と成功しないように注意を払っており、の魔法の力は限られているのである。ハリーは当初は、生まれながら備わっていた魔法の技《わざ》があるだけだ。ハリーがあたかもまったく散髪しなかったかのように、床屋から帰宅したことにうんざりして、ダーズリー夫人〔ペチュニア〕がすっかり彼の髪の毛を刈り取ってからでも、彼の毛髪はひと晩で元どおりに生え揃うことができる。他の場合には、ダドリーとその一味から安全に逃亡した後で、学寮の煙突の上に上がっていたりした。これらのことは、異常な力をもつことの小さな徴に過ぎない。はるかに大きな力がはっきりと作用するのは、ハリーが動物園で自分に話しかける王へび《ボア》の声を聞き、それを逃がしてやるために窓ガラスを壊すときである。こうした粗野な、自分自身でもまだ気づいていない魔法的な技《わざ》で武装したまま、ハリーはホグワーツ校に到着するのだ。ホグワーツ校では、魔法世界に無知なために、ハリーはより多くを知っている連中に囲まれた、どん底から出てきた、一人の無邪気な子供という外観を帯びることが可能となる。

ハリーの二人の親友、ロン〔ロナルド〕・ウィーズリーとハーマイオニー・グレンジャーという、ローリングはやはり馴染みの、あまり独創的ではないが、魅力があり、感情移入しやすい、二人の登場人物を導入している。性質の良いロンは、彼自身は大した力量がないのだが、彼より成功した兄弟をもち、彼が〝純血の〟家族に属するという点で幅をきかしている。熱心で、賢く、率直なハーマイオニーは、より興味深くて、もちろん、より楽しい人物でもある。だが、ユーモアはときとして御門違《おかどちが》いなことがある。ちょうどハーマイオニーに対するジョークが、彼女の賢明さや、彼女の楽しませようとする熱意や、ありうべきヒロインをいささか堅苦しい人物にしてしまうだけのあらゆるルールを破ることへの彼女の嫌悪に向けられているのと同じように。

ハリー、ロン、ハーマイオニーを一緒にしてみると、魅力的な三人組が出来上がる。善意をもちながらも、ときにはささいなルール破りをもやらかす男女の主人公たちというのは、いかなる学寮物語ないし冒険物語でもかならず見かけるはずのものだ。がむしゃらな〈一人のためには一人、万人のためには万人〉精神をもって、彼らは学寮の敵である、悪名高いマルフォイとその二人の子分、ヴィンセント・クラッブとグレゴリー・ゴイルを打破する目的で、学寮の得点を賭ける。この賭けは拡大され、彼らがもっと大きな敵ヴォルデモートに挑戦するとき、このルール破りはより深刻になってゆく。

わんぱく小僧の生徒として、マルフォイ、クラッブ、ゴイルはなるほどと思わせるだけの脅威をもって、気取った態度を取ったり、からかったりする。クラッブとゴイルには個人的な個性はないが、マルフォイを支持しているため、マルフォイの決心は強められ、ハリーとの対決でも大胆になっている。ロンは自分が貧乏であること、ハーマイオニーは自分が純血でないことで、ハリーはおそらく自分の嫉妬心から生じたのであろうが、明確ではないが深層にある嫌悪感から、三人とも前に挙げた三悪童から嘲《あざ》けられるのだが、これはいずれの学寮にもある不愉快な話の種になりかねないという現実にしっかり根ざしたものである。ローリングは二つの集団どうしの敵意を一つの人間的な感情にすることによって、少年たちが互いに為しうるだけの程度に魔法の危害を抑制しているのである。

ホグワーツ校の他の生徒たちは、ウィズリー家の兄弟を除き、ぼやけている。魅力的で、いたずら好きな双子フレッドおよびジョージと、気取ったパーシー・ウィーズリー〔三男〕との間のふれあいでは、ローリングは対話や、大家族のダイナミックスへも十分に聞き耳を立てていることを示している。この双子はとりわけパーシーをいじめる点で、紛れもなくおかしなところがある。二人が際限なく繰りひろげる嘲《あざ》けりは、温かいが痛烈であって、パーシーがどれほどいらいらさせられているかを正確に暴露している。

ホグワーツ校の生徒たちの役割ははっきりと画定されているが、同じことはホグワーツ校の教師たちについても言える。校長ダンブルドアは万能で親切である。彼は最高善の体現者である。これに釣り合っているものとしては、ヴォルデモートの悪があるだけだ。他の教師たちも同じようにありありと描写されている。ルビウス・ハグリッドはハリーの指導者でかつ私的な監視人として行動する、心得違いながらも、気前のよい人物。マクゴナガル先生はグリフィンドール寮の寮監。それに、ありとあらゆる不当な権力を発揮するセヴルス・スネイプ。しかし、これらの作中人物は、十分に展開させられていないとはいえ、ローリングのユーモアによって、世俗的なものから救い上げられている。

独創的な創案の観点からは、ホグワーツ校のメンバーたちのうち、ローリングがもっとも成功したのは幽霊たちである。幽霊たちも彼らなりに、教師たちと同様に、この学校の重要な部分なのだ。ホグワーツ校のような階層制度にはふさわしいことだが、悪鬼と幽霊の下位クラスが周到に構成されており、はっきりした身分の序列が彼らの過去の地位や技倆によって規定されている。彼らの幽霊としての特性――ほとんどは、いかに死んだかに関連している――は、彼らをばかばかしいながらも魅力的にしている。

伝統的な物語から拾い上げて捻《ひね》り出した数々の名称、強力な場所感覚、および話の筋をしっかりコントロールしていること、これらはローリング作品の秀いでた全特徴であって、『ハリー・ポッターと賢者の石』ではこれらすべてが歴然としている。彼女が正当な魔法的創案を捻り出す際に、ときおり過失もあきらかに犯している。禁じられた森の中でハリーがフィレンツェ、ベーン、ロナンといったケンタウロス〔半人半馬の怪物〕たちと立ち会うこととか、死んだ一角獣の象徴的表現とかは、ローリングが一つの場面の中へ魔法を導入しそこねた、異常な一例として目立っている。この場面は一見C・S・ルイスによく似ていながら、ひどくつまらなくなっているからである。

文体上から言えば、機知にあふれた巧みな連想を孕むもろもろの名称に関してのローリングの豊かな創意工夫は、彼女の書き物に必ずしもうまく釣り合ってはいない。ローリングには、記述の流れの中で、決まり文句に頼る傾向があり、これらのいくつかは後で、魔法の導入で埋め合わせされている。

『ハリー・ポッターと秘密の部屋』

ローリングは『ハリー・ポッターと賢者の石』を、それぞれの巻でハリーが一学年ずつ進級してゆく七巻シリーズの第一巻として構想した。このことは野心的なプランに違いなかったのだが、ハリーに成長することを課したために、それはまた落とし穴だらけのプランでもあったのである。シリーズの冒頭でちょうど変わり目の十一歳に、ハリーに振りかかったいくつかの冒険は、彼自身の年齢にも読者たちの年齢にもぴたり合致している。しかし、シリーズが進むにつれて、ハリーは依然として中心人物であらねばならないのだが、それでも、彼は無邪気な、経験のない少年から、未成年期を経て、学校の最終学年へと発達しなくてはならない。当初は、このことはほとんど問題を生じさせない。ハリーにおける変化は、初めの三巻ではわずかである。だが、第四巻のタイトル、『ハリー・ポッターと炎のゴブレット』では、ローリングはハリーをより納得のゆくティーンエイジャーに仕上げようとして、彼が自分より年上の少女（これは彼女をより手に入れ難く見えさせるためでもある）の一人に関心があるらしいと暗示したり、あるいは、ハリー、ロン、ハーマイオニーの間に斑気《むらき》なティーンエイジの友情の雰囲気を生みだしたりしている。

続篇は多様な形を帯びることが可能だ。ローリングは最初の二巻では、『ハリー・ポッターと賢者の石』の構造図式をほとんど正確に踏襲する道を選んだ。かくして、『ハリー・ポッターと秘密の部屋』と『ハリー・ポッターとアズカバンの囚人』の両方にあっては、ハリーはまたしても、ダーズリー一家で冷遇されている。ハリーに対してのダーズリー一家の茶番めいた抑圧ぶりは、以後の各巻でも、その残酷さではダーズリー一家に匹敵する、新たな第三者の到着をもって強調されている。両方とも、ハリーが逃げ出さずにはおれないような、不快で、おそらくは不合理な背景をいみじくも供している。シリーズにおいて第一巻の出だしをあまりに綿密に反復していることは、ほっと安心させると同時に、単調に陥る危険を冒すことにもなる。ハリーが主として屋敷下僕妖精《しもべ》ドビーの到着により、魔法世界に接触したり、魔法の技《わざ》を新たに獲得したりしたことで、ダーズリー一家に対抗するためのより大きな力を身につけるようにしたり、彼の逃亡の方法を変えたりして、ローリングは読者の関心を繋ぎとめることに成功している。ローリングはより野心的に、ハリーを一つの世界から別の世界へ移動させるさまざまな方法を創出することになる。ロンとウィーズリー家の双子が〝借りた〟彼らの父親の車に乗って飛ぶことにより、ハリーが救出されるというのは、新しい魔法の創出であるし、これは、平行的な両世界の間の境界的な諸問題を引き立たせる。ローリングは『ハリー・ポッターとアズカバンの囚人』では二つの世界の横断をこの上なく独創的に解決しており、そこにおいては、ハリーがダーズリー一家から逃げ出した後で、暗い道から彼を救出して、安全なダイアゴン横町へと運ぶ〝夜の騎士《ナイト》〟バスといった、彼女の創案の中でももっとも素晴らしくて、もっとも魅力あるものが現われている。

ホグワーツ校とても、『ハリー・ポッターと秘密の部屋』では当初は大半は不変のままであり、そこにあるのは、学寮——とりわけグリフィンドールとスリザリン——どうしの反目、クイディッチ、授業、といったもののお馴染みのミックスである。そこにはまた、子供たちどうし、および幽霊における友情と忠誠心のますます強まる絆も見られる。だがローリングのプロットは、印象的な錯綜の点でも、このプロットを推進する暗い、根底にある人種差別的な諸問題の展開の点でも、目立ってより野心的である。『ハリー・ポッターと秘密の部屋』には、『ハリー・ポッターと賢者の石』の愛らしいナイーヴな純朴さが欠如しており、そこに含まれた挿話の数々はかさばっていて、説得力を欠くが、それでもそれはより深く書き込み、かつ仰天させるための、ローリングの能力を示すものである。闇の術の教師に対抗する新しい防衛として、ギルデロイ・ロックハートを到着させることにより、ローリングはたんにそれぞれの地位の体現だけではない登場人物たちを創出する自信と自由とを示している。ロックハートは、ハロー・マガジンのスターなどを茶化した、素晴らしいカリカチュアとなっている。ハリーと結びつけられるための遠回りの工作を通して、ロックハートは彼自身の著作を売り上げるために書目リストを列挙したり、ハリーが名声を挙げるためにいかがわしい忠告を彼に与えたりしていて、あらゆる点で魅力的なのだが、たいそう奇妙でもある。ロックハートはローリングの最上のウィットの反映したものと言ってよい。

刊行には一年だけ隔たりがあるが、ローリングは『ハリー・ポッターと賢者の石』の圧倒的な成功以前に、すでに『ハリー・ポッターと秘密の部屋』を書き始めていた。後者は一作家としての自信の増大を示している。すなわち、周到な筋組構成によって駆り立てる、破壊的な人種差別主義を繰り広げてゆく筋は、より野心的になっているし、学習により作中人物たちは強められているし、ウィーズリー一家の屋敷下僕《しもべ》妖精（エルフ）たちとか、スプラウト先生が石化させるような呪いへの対策を立てるために育てている恋なす《マンドレイク》（マンドラゴラ）の根といったような、独創的な創造物が詳述されているし、ユーモアが著しく展開されていたりもしている。また、ヴォルデモートもハリーもともに、力が強くなってゆくという、シリーズの根底にある前提も導入されている――ヴォルデモートは咀嚼《そしゃく》することのできる暗号文の続きを通して、また、ハリーはホグワーツ校の教育を通して。

『ハリー・ポッターとアズカバンの囚人』

『ハリー・ポッターと秘密の部屋』が第一作をやや周到に発展させているとすれば、『ハリー・ポッターとアズカバンの囚人』ははるかに野心的で、かつ印象的な作家としてのローリングを示している。『ハリー・ポッターと賢者の石』が当時までに圧倒的な成功を収めていたとしたら、ローリングは前二作を繰り返す以上のことをほとんどしないような第三作を書くことだってできたであろう。

そうする代わりに、彼女はハリーを、したがってまた彼の冒険を一年ごとに熟成させるという元からの意図を貫き通したのだった。結果としては、はるかに興味深く、より予見しがたく、かつはるかに不吉な物語が出来上がった。すなわち、当初『ハリー・ポッターと賢者の石』において提起されていた、みんなの内にもある欲望を露呈したり、あるいは保護したりする、といったテーマを拾い上げているのである。ホグワーツ校はかつてはハリーにとっての避難所だったのだが、今や彼にとってばかりか、他のホグワーツ校生徒たち全員にとっても潜在的には危険な場所なのだ。ダンブルドアの特別に優れた権力は、今や悪の諸力を追い詰められたままにしておくために用いられねばならない。魔法世界は当初そう思われていたよりもはるかに複雑である。すなわち、学寮物語の枠組みを作動させているのは、生徒たちにつまらないけんかで生じた問題を解決させるための陽気な冗談ではもはやなくて、忠誠心および裏切りという、より深刻な論点や、これらの各世代にわたる反響が物語の枠組みを作動させているのである。

『ハリー・ポッターと秘密の部屋』におけるのと同じく、ローリングは先のホグワーツ校の生徒たち――今回はハリーにとっての黒幕シリウス・ブラック――を用いて、ハリーの過去および欠落した家庭生活を埋め合わせようとしている。

プロットがこんがらかっている点で、『ハリー・ポッターとアズカバンの囚人』はもっとも印象的である。ローリングは前作からの話の筋を理解して、これを新しい物語へと自然に織り込むことができるのであり、このことが続篇に対して、第一作よりも豊かで、かつ魅力的にするような中身と密度とを授けている。上述したように、ダーズリー一家でのハリーの出だしといったような、プロットの反復的局面でさえ、〝夜の騎士《ナイト》〟バスの創出によって、新しい水準へと持ち上げられている。

作中人物たちがだんだんと洗練されてきていることも、注目に値する。ルーピン先生――〈闇の魔術に対する防衛術〉の教師としてごく最近、新規採用された――は、彼の前任のギルデロイ・ロックハートと同じく、見事な創案である。しかし、ロックハートがウィットのある、うまく仕上げられたカリカチュアであるのに対して、ルーピン先生のほうはより巧妙に考え抜かれていると同時に、はるかに興味深くもある。彼は内面的な大きな力と身体的に深刻な弱点とを兼ね備えており、このため彼には、自分自身のハンディキャップを理解することにより、他人に力を与えることのできる人物として、複雑な役割が振り当てられることになる。

吸魂鬼（ディメンター）が引き起こす恐怖には、『ハリー・ポッターと賢者の石』にも『ハリー・ポッターと秘密の部屋』にも見いだされない、ぞっとするような鋭さがある。ローリングは秘密の部屋でバジリスクに対面したときのような、外部からの暴力の脅威により恐怖に襲われるといった、冒険物語をもはや書こうとはしないで、その代わりに、内的な恐怖の破壊性を考察するようになっているのだ。このテーマはルーピン先生の授業を通して展開されており、その授業では、生徒たちは人がいちばん怖がっているものに姿を変える妖怪ボガート（まね妖怪）たち――ハリーの場合には吸魂鬼《ディメンター》――に対峙することを学ぶのである。

ローリングは『ハリー・ポッターとアズカバンの囚人』では大きな自信を示している。彼女は作品全体に対して堂々たる支配力を発揮しており、強力な語りを通して人を魅惑することができるのだが、さらにまた、自分の読者たちに対してより大きな要求をすることだって彼女には可能なのである。

『ハリー・ポッターと炎のゴブレット』

ローリングが『ハリー・ポッターと炎のゴブレット』を書いていた時分には、彼女は文学界の内外を問わず、すでに国際的なスターになっていた。『ハリー・ポッターとアズカバンの囚人』の出版を取り巻くメディアの注目は、他のいかなる現代作家のそれをもはるかに超えた王国の中に彼女を据えていた。三巻ともベストセラーのリストに入っていたし、これらは二八カ国語で印刷されたのであり、世界中で、読者たちはもっとハリー・ポッターをやかましく要求していたのだった。

シリーズの開始のときに立てられたとおりの、ローリング自身の作品枠組みを超えずに、ハリー、ロン、ハーマイオニーは今や十四歳になっている。成長してゆく者たちの変化をいくらか裏づけしなくてはならなかったが、しかしまた、ローリングの中心的な読者層がおよそ八歳以上だということにも注意を払わねばならなかった。

したがって、『ハリー・ポッターと炎のゴブレット』はより野心的な書物なのであって、外界から多くの要素を取り入れているし、そのプロットはあまりにも込み入っているため、さまざまな話の筋道を織り合わせる際のローリングの技倆を最大限に発揮させるに至っている。

全体的に、『ハリー・ポッターと炎のゴブレット』は初めの三巻とは違った特徴を印象づける。『ハリー・ポッターと賢者の石』ではローリングは他の作家たちや他の物語の典拠に依拠していたのに対し、今や彼女は自己言及的になり、自分自身の創案を拡大しており、とりわけ魔法的な言葉遣いを展開している。

ラテン語のいろいろな翻訳を通して、とりわけ魔法の文句に導入されたことばの戯れが、『ハリー・ポッターと賢者の石』では違った形で導入され、『ハリー・ポッターとアズカバンの囚人』ではかなり拡大され、そして『ハリー・ポッターと炎のゴブレット』ではそれ独自の豊かなことばと化している。

魔法がホグワーツ校およびその環境という閉ざされた世界の外へ引き出されるにつれて、また、あまりに多くの新参者たちがこの学校の中へ連れ込まれるにつれて、作中人物、場所、旅、可能性もやはり拡大されている。三校対抗杯がハリーにとっての新たな危険の可能性を開き、そうした危険のいくつかは異国風な生き物たちから生じてきて、彼は闘うよう要求されることになる。『ハリー・ポッターと賢者の石』における〝三頭犬〟フラッフィーは神話から突き止められるものであるのに対して、四種の龍《ドラゴン》――ハンガリアン・ホーンテール、スウェーデンの短鼻、ウェールズ・グリーン普通種、中国の火の球――はローリング自身の創案である。同じく、グリンデローという、（三校対抗杯選手権の第二課題で征服される必要がある）野性の小さい水魔も彼女の創案である。

これらすべてにおいて、さらには、クイディッチ世界選手権での外国人たちやドゥルムシュトランク校とボーバトン校からやって来た人びとについての派手な、ときには英国民の決まり文句となっているような描述において、ローリングは過剰を弄んでいる。結果としては、ローリング物語の中身は不吉なのに、その書き物には或る陽気さが存在しているのである。このことは彼女が或る種のステレオタイプな国民的な罠に陥っているにしても、いかに独創的たりうるかを示している。ローリングがその創案を第一作に密着させ続けているところでは、依然として彼女は輝いているのだ。真実に対してはひどく出し惜しみをする、出しゃばりのジャーナリスト、リタ・スキーターは、現代の事実究明を行っているジャーナリストのひとりとして十分に見分けがつく一方、生まれながらの目立って当てにならぬ人物でもある。ローリングのカリカチュアへのセンスは、強弁するために面白い或る種の魔法に頼っている、この二枚舌的なジャーナリストに対しての彼女の描述のうちにもっとも見事に表われている。「日刊予言者新聞」紙上でのスキーターの偽のスクープの破壊的効果によって、逆に、現代ジャーナリズムへの手厳しい洞察力が与えられたことになる。

ダーズリー一家の手でハリーが苦しんでいるという、最初の三巻のお決まりの開始は、ヴォルデモートとそのいやます力を背景とする死に物狂いのシーンで取って代えられている。ヴォルデモートのいやます力と、ハリーの抵抗能力とによって生じた危険のほうが今や、ハリーの幼年時代初期の心情的な欠乏感よりも重きをなしている。このことは物語の力点の変化によって確証されており、したがって、三校対抗杯選手権へのハリーのかかり合いは、ハリー本人の探求本能によってというよりも、ヴォルデモートの側でこっそり取り引きすることによって、明かるみに出されている。ハリーとヴォルデモートとの最終対決に至るまで、最後までへとへとになって繰り広げられるこのトーナメントでは、ハリーは以前そうだったよりもはるかに大きな危険に置かれる。ローリングはヴォルデモートの力を勇敢にものこぎり歯車に掛けている。すなわち、『ハリー・ポッターと秘密の部屋』では、ミセス・ノリス、コリン・クリーヴィー、〈ほとんど首無しニック〉、ジャスティン・フィンチ＝フレッチリー、ハーマイオニーをびっくり仰天させる部屋の公開から始まり、のである。

『ハリー・ポッターと炎のゴブレット』ではセドリック・ディゴリーの死へと至っているのである。

ローリングがハリーをうまく成長させたり、シリーズの展開を計画どおりにやりとげるのも、ありうべきガールフレンドたちとか、斑気《むらき》な行動とかの外部においてというよりも、上述したことにおいてなのである。ハリーは逆境に生まれた少年であるよりも、若すぎる英雄なのだ。

『ハリー・ポッターと炎のゴブレット』を初めの三巻と断絶させるものとして引き立たせているのは、たんに構造の変化だけではない。はるかに長篇として書かれていることからも、ローリングが長いファンタジーに思う存分耽りながら、ユーモアのある想像力を目ざましく拡大させてゆく、はるかに悠然と構えた作家であることは明らかだ。これら離業のうちでもっとも明らかなものは、けばけばしいクイディッチ世界選手権であり、ローリングはそれに創意に継ぐ創意——あるものは他のもの以上に成功を収めている——を傾注することにより、細部に鋭さを欠くとはいえ、その強力な視覚的アッピールでは印象的な、劇的効果をもつ場面を創出している。すなわち、現実との几帳面な適合——これが前の二巻ではクイディッチをあれほど成功させてきたのだが——という犠牲を払った上で、あふれる創意がみなぎっているのである。チームのマスコット（ブルガリア・チームにとってのヴィーラ、アイルランド・チームにとってのレプラコーン)は、国民的スポーツ・マスコットのたんなるパロディーをはるかに超えた、過剰なものである。ぱっと輝くばらの花飾りとか、万華鏡のような、記憶すべき事件や小道具は、実用的でないし、続けるためには詳細極まる記述が必要となる。しかし、ヴィクトル・クルムの素晴らしいヴロンスキー風フェイントの簡潔さは、ローリングをその最良なものに連れ戻している。スポーツの最上の作戦行動の厳密な模倣であり、これを通して、ローリングは個々のスポーツマンの技《わざ》と、それが試合に及ぼすクライマックス効果とを伝えているのである。

ローリングはまた、学寮物語の道具立てによって課される窮屈な枠組みから逸脱することにより、作家としてのより大きな野心を示してもいる。ホグワーツ校の外のより大きな魔法世界を制御するのは困難だし、また、記憶のまじないを用いて、非-魔法使いのマグルたちによる探知を逃がれる必要にしばしば迫られるということは、魔法の驚異という意識を弱めるものだ。ローリングは魔法世界の境界に関して、また、それが非魔法世界にどう関係しているかに関して、困難にぶつかるのだが、このことは逆に、何とかして二つの世界を横断するためにさらに大きな創案の必要性を生み出している。

ホグワーツ校に戻ったときでさえ、ローリングは以前はこの共同体をはるかに緩い構造の中へ結びつけていた窮屈な枠組みを、他の魔法使い学校——ドゥルムシュトランク校とボーバトン校——からの訪問者たちの到着で変更している。これらはホグワーツ校を超えた世界を持ち込んでおり、したがって、閉ざされた共同体の強度を弱めているが、逆に、こういう数多くの新しい登場人物たちの到着は、より多彩なキャスト、とりわけ、より多くの女性の登場人物たちが活動するための余地をローリングに与えている。

しかし、事件をホグワーツ校から移動させたり、新しい登場人物たちをホグワーツ校へ導入したりする際にも、ローリングは読者たちのために関心の釣り合いを変えている。クイディッチ世界選手権という広い舞台では、ハリー、ロン、ハーマイオニーははなはだ小さくて、無力である。彼らの周囲でなされるべき魔法は、すべて大人たちによって行われている——暗いマーク、つまり魔法世界も非－魔法世界をも支配しようとする魔法使い省を解除する際には、知られざる誰かによって。三校対抗杯選手権の監督としてバッグマンとクラウチが付け加えられていることとか、国際魔法戦士連盟での新しい任務を帯びてチャーリー・ウィーズリーとパーシー・ウィーズリーとがこの学校を訪問することとか、なかんずく、ハグリッドとマダム・マクシムとの間の予期せざるロマンスとかは、子供の支配する世界——ローリングが前作で設定したことだが、大人たちの助言に助けられて子供たちが問題を解決する——を損なっている。

こうした巻頭における開始のすべてが、『ハリー・ポッターと炎のゴブレット』へと結果しており、後者は前の三巻から区別される新たな方向へと動きだしている。ローリングは大いなる創意工夫を有する語り手としての技倆をますます発揮しており、ペンシーヴのような新しい魔法装置とか、マダム・マクシム、ドゥルムシュトランク校のチャンピオン、ヴィクトル・クルム、なかんずく、リタ・スキーターのような、老若の新しい登場人物たちとかを創りだしている一方では、たんに子供たちの冒険を通してというよりも、直接的に、大人の読者たちを楽しませることにも、彼女は関心を見せているのである。

3 源泉と影響

子供たちのために書くということは、教育しながらも、高水準の娯楽を提供するという、二重の目的をもつことを常としてきた。子供たちは読書を楽しまなくてはならないし、同時に大人たちは子供たちが読書から何か良いものを得ていると確信したがるものである。この二つの間のバランスは定まってはいない。これらは子供であることについての当世の考え方や、市場の商業的要求に従って変動する。

過去二五年間は児童書の市場に大きな変化が見られた。そのいくつかは教育における変化を反映しており、そのいくつかは新しいメディアの急増によって生まれたものである。フィリッパ・ピアス、ニーナ・ボーデン、J・R・R・トールキン、ウィリアム・メイン、アラン・ガーナー、ローズマリ・サトクリフのような作家たちによる、戦後児童文学のフィクションへの批評家の歓呼は、子供たちへの良書の重要性を確証するものだった。ジル・ペイトン＝ウォルシュ、ペネロピ・ライヴリー、スーザン・クーパー、ジョーン・エイキン、ジェラルディン・マッコーリアン、その他、ごく最近では、フィリップ・プルマンを含む多くの人びとは、すべてこの伝統を維持してきている。だが、こうした本は決まって少数の読者にアッピールしてきただけである。ちょうど大人にとっての小説が、高く称賛されながらも、多数の読者を楽しませはしなかったのとまったく同じである。

大衆向けフィクションの伝統

長年の間ずっと、とりわけ総合教育が行われる前には、子供たちに人気のある読書は大方無視されてきた。書物は子供たちへの魅力によってではなく、文学的物差しで判断されてきた。実際、あまりに子供にアッピールしすぎることは、書物またはその作者の地位を下げるだけだと見なされても仕方なかったのである。もしもそれほど多くの子供たちが読書を楽しんだとしたら、その本はたぶん平易すぎるか、真の読書と見なされるにはあまり香ばしくないかであろう。こうして、漫画本は、今日でこそ言葉と絵との両方から洗練された読書を伸ばすのに貴重な寄与をなすものと見なされているが、読書の開発の観点では無価値として打ち捨てられてきたのである。人びとの読むことへの趣味が、彼らをより熱心な読者にするかも知れないという事実は考慮されなかったのだ。

成人向け小説なら、書評に取り上げられたり、書店で販売促進されたりするが、そういうことのない児童書は、たいていどれほど有用かということで判断されるのが常である。

読み書き能力の水準を引き上げることが強調されるにつれて、児童の読書への注目は楽しみよりも功利性のほうに向けられてくる。人気のあるフィクションはたいてい無視される。それでも、子供たちはそれを見つけだす。

過去五〇年間で、子供たちの読書へ及ぼした影響力が通常の範囲を超えていた作家は二人いた。大人からの仲介なしに、二人とも子供たちの想像力をつかみ、彼らの注意を引きつけ、彼らを読者へ変えてしまったのだ。イーニッド・ブライトンとロアルド・ダールである。

この二人の作家を当代の他の作家たち以上にはるかに大きな成功を収めさせた理由が何なのかを突き止めることは、ほとんど不可能である。二人は内容と文体では類似しているのと同じくらい、相互に違ってもいる。二人の共有点は子供たちから好かれているが、違った理由から、大人たちにははるかに人気がないということである。ブライトンは、彼女の作中人物がステレオタイプであり、プロットは予想でき、文体には興味をそそるものがないし、総じて魅力がないとの理由から、文学界から拒絶されてきた。ダールへの異議はもっと強烈だ。彼の癖のある、体制破壊的な文学は当初、あまりにも不愉快なものであって、とても子供たちの道徳にとって適切ではあり得ないと考えられたのだった。すでに成人向け小説家として確立していた彼の児童書は、当初は合衆国で出版された。英国の出版社は彼の本の内容と文体に不安を感じたからである。ところが、大西洋の両側、および世界中で、彼の本の売れ行きは驚異的だった。子供たちは『チョコレート工場の秘密』（一九六四年）、その後は『ぼくらは世界一の名コンビ』（一九七五年）、『オ・ヤサシ巨人BFG』（一九八二年）、『魔女がいっぱい』（一九八三年）、『マチルダはちいさな大天才』（一九八八年）といったような、彼のもっとも成功した書物の、子供中心の語りに心酔したからである。

ゆっくりと、いささかしぶしぶながらも、子供たちの読書に対する大人の審査員たちはダールに同調するようになり、『魔女がいっぱい』は一九八五年にウィットブレッド児童文学賞を獲得した。それとは対照的に、児童書文学賞のような、子供たちによって投票される賞では、ダールはすでに数年も立て続けに受賞していたのである。

ブライトンは死後三〇年、ダールは約一〇年を経過しているが、二人は依然としてひき続き人気を保っているし、より意味深いことには、異世代の大人たちを読者にしたユニークな作家として、これらの大人たちによってもっとも頻繁に引用される二作家なのである。販売部数の点からは、ディック・キング＝スミス、アン・ファイン、メルヴィン・バージェスや、ごく最近では、ジャクリーン・ウィルソンとフィリップ・プルマンのような多くの成功した作家たちがいたし、同じく、『動物の箱舟』とか合衆国からの輸入品『ベビーシッターズ』や、より最近では、『鳥肌』や『ポイント・ホラー』といったような売れ行きのよい、長続きしているシリーズがある。これらすべては子供たちの注意を読書に向けさせたり、楽しませたりするのにかなりの寄与をしてきたのだが、いずれもブライトンとかダールとかとまったく同じような永続的効果を保つことはなかったのである。

「ハリー・ポッター」シリーズがつくりだした衝撃の度合いと、このシリーズが読書へ向かわせた子供たちの数とに関しては、ローリングの影響はブライトンやダールに比べられる。『ハリー・ポッターと賢者の石』およびその続篇（書かれているが未刊のもの）は、同じように永続するだろうことを証明する機会をまだ得ていないとはいえ、それらが子供たちに始めから圧倒的にアッピールした点は似かよっている。

ブライトンはさまざまなジャンルにわたる本を六〇〇冊以上も書いた。ブライトンの幾冊かの本の成功を収めた特徴が、ローリングの書物においても表われていても驚くには当たらない。限定された、予想可能な語彙に頼っている平凡な作家として退けられてきたとはいえ、ブライトンは優れたプロット立案者であったし、冒険が得意であったし、なかんずく、子供たちに自分自身で潤色できるようにいろいろのファンタジーを設定するのが巧みだった。ブライトンはプロットを語りの力とした冒険を通して、自分の数々の書物を推進させたのであり、登場人物はしばしば暗号のままにしてあった。ブライトンの初期の空想的冒険物語――『願いをかなえる椅子の冒険』（一九三七年）と『魔法をかけられた森』（一九三九年）――はノルウェーの伝説に着想を得たものであり、ここから彼女は彼女自身で考案した世界をつくりだしたのである。人間および非‐人間の作中人物たちで満ちているこれらの作品は、ほとんど非‐教育的な、単純な戯れであって、どたばた調の上機嫌さをあたりに振りまいている。ブライトンは一九五〇年代には「ノディ」シリーズ（一九四九年以降）でもっともよく知られるようになった。このシリーズは一九七〇年代には、人種差別主義を理由に彼女を非難する人びとからの第一のターゲットとなる。彼女がもっとも長らく成功を収め続けたのは、女学校物語シリーズ、『学校一のやんちゃ娘』（一九四〇年以降）、『セント・クレアズ』（一九四三年以降）、『マロリー・タワーズ』（一九四六年以降）の作者としてである。

ローリングの想像力による創意工夫は、ブライトンのそれよりも洗練されており、しかもより広範に展開されているが、子供たちがすっかり没入できる一つの世界と一つのファンタジーを創りだす彼女の力はそれほど異なってはいない。ハリー・ポッター自身、また程度は劣るが、ロンとハーマイオニーが一体化できる人物たちであるのに対して、読者たちを彼らに結びつけるのは、これら登場人物というよりも、彼らがかもし出す物語の劇的興奮のほうなのだ。ホグワーツ校の世界――魔法と現実とをたいそううまく橋渡しする学校物語の枠組み——はその周囲に、学校を知るすべての子供たちをして、すっかりくつろがせるだけのものを有しているし、同時にまた、この世界がもたらす魔法の数々の変化によって彼らはずっと楽しまされ続けることにもなる。読者を魅惑するのは、ホグワーツ校に入ることなのだが、それと同じく、ハリー・ポッターになり切ることも読者を魅惑するのである。

新刊の「ハリー・ポッター」シリーズ全四巻、とりわけ『ハリー・ポッターとアズカバンの囚人』および『ハリー・ポッターと炎のゴブレット』におけるプロットでは、ローリングはかつてブライトンがそうだったよりも、完成されており、より野心的であるが、しかし彼女は読者の注意を絶対につかむのに十分な直接さと簡明さとをもって複雑な物語を語る異例な能力では、ブライトンと同じである。ローリングが物語を繰り広げている規模、そしてとりわけ、前巻からの話の筋をシリーズの中に拾い上げて、以後の語りの中へ織り込んでいく技倆は、ブライトンが決して試みたことのない、読者たちの要求をつくりだしている。こういう点や、社会的コメントの観点ではるかにたくさんの内容を織り交ぜている点で、ローリングはブライトンよりもはるかに刺激的であり、かつより興味深いのだが、しかし彼女はブライトン同様に、読者たちを自分のもとに導くこともできるのである。ローリングは子供たちについての見方や、彼らがいくつかの話の筋道を追う能力についての見方では先輩ぶったりしていない。ハリー・ポッター物語の書き方には、見下すようなところは皆無である。ローリングはうまくペースを変えながら詳述している。彼女は読者に敬意を抱いているために、彼女がその複雑なプロットをほぐすにつれても、いたずらっぽい語調に至ることは決してない。

ブライトンが子供たちの作家として永続的な成功を収めたのはまともな話の簡単な魔法で子供たちを楽しませるその才能にあるとすれば、ダールの魅力はもっと複雑である。ブライトンと同じく、彼も才能のある語り手ではあるのだが、彼のいろいろの物語の力はそれら物語の癖のある独創性にあり、この特徴は、ブライトンのそれを支えている、単純で、無邪気な語り的冒険の数々とははるかに隔たっている。両者とも子供中心的な世界観を物語に授けている。ブライトンにあっては、冒険は大人の仲介なしに行われる。大人は出来事にはほとんどまったく無関係なのである。このことはもちろん、子供たちの物語に共通した局面なのだが、アーサー・ランサムの『ツバメ号とアマゾン号』（一九三〇年）やその後の冒険物語におけるジョン、スーザン、ティッティ、ロージャは、〝成長〟していくことを演じている――両親たちもするような、ヨット競技、キャンピング、点火、等に大きな責任を引き受けている――のに対して、ブライトンの「五人の子ども名探偵」シリーズ（全二一冊）や『秘密クラブの七人の子ども探偵』（一九四九年）は、子供たちのように振る舞い、子供たちの世界観を保持しているのである。

ダールの世界は相当に異なる。大人たちが周囲にいるのだが、彼らはほとんど例外なく、関心事たる子供たちと争っている。大人たちは『おばけ桃の冒険』（一九六一年）の冒頭におけるおばのスパイカーとスポンジに見られるのと同じように、ときには壊滅されざるを得ないか、あるいは少なくとも、『マチルダはちいさな大天才』（一九八八年）におけるマチルダの気難しく不真面目な両親に見られるように、身のほどをわきまえさせられている。例外もある。たとえば、『世界チャンピオンのダニー』ではダニーには、この上なく素敵な父親がいるし、『魔女がいっぱい』における少年には、非凡な祖母がいるし、マチルダは親切で聡明な教師ミス・ホニーによって救われるのである。ダールの各種物語ではありふれたことながら、子供たちは大人なしに、かつ大人に反抗して行動している。彼らが魔法的冒険をやり抜くのは、彼らがびっくりするような子供であるからであって、彼らが大人の責任を引き受ける子供であるからではない。ブライトン同様、ダールの子供たちは子供らしいままだし、大人の関心事からは隔たっている。とはいえ、彼らはみんな力強くなっていることもあるのだが——たとえば、ジェームズはおばけ桃で大西洋へ飛行した後で、マチルダは途方もない賢明さで、またソフィーはＢＦＧとの友情で、それぞれやり方は違うが、強くなるように。

ダールが子供たちへ働きかけるアッピールは、彼が物語の子供たちに与える力と、彼が世界の規範をひっくり返して、伝統的感性を破るのに用いているユーモアとにある。ローリングの『ハリー・ポッターと賢者の石』の冒頭はダールにひどく頼っている。むかつくようなダーズリー一家の源は、短見な人びとに対しての紳士気取りのダール式カリカチュアに直接起因する。孤児になったハリーは、ダールへの端的な訴えかけが根底になっている。家庭的逆境に直面してのハリーの内的な弾力は、この子供の状況の捉え方と一体化しうるローリングの才能を示すものである。ローリングがダールと違っているのは、彼女のブラックユーモアめいた喜劇が、ゆったりと穏やかな彼女の世界観でやわらげられているということにある。

ダールにあってもそうだが、ローリングの子供たちはやはり子供のままである。学寮物語という舞台が、彼らの身分をきっぱりと固めている。ホグワーツ校では、ハリーや友だちは学寮物語の最善の伝統の中で行動しており、細かな――ときには大きな――ルールを破ったり、スポーツに熱中したり、教師と口論したりしている。しかし、ダールの作中人物たちと同じく、ハリーにも特殊な資質がある。彼は魔法の力が備わっているため、驚異的なことを成就できる（たとえば、クイディッチ・チームでもっとも若いシーカーになるのも、生まれつきの飛行の技《わざ》のせいである）。この力のせいで、彼はロンとハーマイオニーの助けを得て、賢者の石の謎を解くこともできる。だが、さりとてこの力のせいで彼が子供たることを妨げられることはない。『ハリー・ポッターと賢者の石』においてローリングがプロットをほぐす際にもハリーにその世界に対する見方を保持させておく彼女の才能は、この作品の成功にとって中心をなすものである。

しかし、ローリングがその子供たちによる作中人物を通して子供たちにじかに話しかける才能ではダールに似ているにしても、大人と子供たちとの関係については違った見解をもっている。大人たちは見習われるべきでも、尊敬されるべきでもないという観念を助長する点でダールがひどく破壊的なのに対して、ローリングはものすごく伝統的である。『チョコレート工場の秘密』の原作の題名〔『チャーリーとチョコレート工場』〕の主人公になっているチャーリー・バケットは、チョコレート工場の異例なオーナー、ウィリー・ウォンカからほとんど学ぶことをしていない。だがウォンカは実質上、成長しすぎた生徒なのであり、この点は、後で立派な王党員的傾向をもつことが判明する、〈親愛な大巨人〉が子供っぽい素朴さを有しているのとまったく同じである。他方、ハリーとその仲間はどうかと言えば、修業中の魔法使いであって、年上の者やより賢い者が尊敬される、永続的な階層社会に属している。総じて魔法世界においては、魔法の杖の製造人ミスター・オリヴァンダーのような店主でさえ、蓄積した知恵のゆえに畏敬の念を起こさせるのである。

彼らは、たいていは賢い教師たちから学んだり、尊敬されたりするために、通学する必要があるのだ。ダンブルドア先生はとりわけ、満腔の尊敬を受けられることになっているし、ハリーが真に賢くなりうるのも、知恵の泉たるこの先生と接触することによるのである。

ブライトンやダールとの比較から分かるように、ローリングは子供たちに集中的に、かつあまねくアッピールする物語を書く特別の技倆をもっているのであり、このことが彼女をこれら二人と並んで、児童の読書を形づくる上で異例な影響力をもつ作家たらしめているのである。

学寮物語

ダイナミックでユーモアにあふれた語りを通して自分の書物の中へ直接、子供たちを引き寄せるローリングの才能は、広範な典拠に依拠した彼女の技倆に支えられている。「ハリー・ポッター」シリーズでは、彼女はさまざまのジャンルからの構成要素を結び合わせている。故意であろうとなかろうと、彼女は個々の作家ないし文学伝統から拾い集めてくる鵲《かささぎ》的な才能をもっている。彼女は恭しくて、そのために自分自身の書き方を展開させるだけの余地をほとんど自分に認めていない場合もあれば、たんに模倣をしているだけの場合もある。しかも、たいていは彼女は他の人びとの書き方を推し進めることに自分のエネルギーを注いでいるのである。

ホグワーツ校そのものにほかの作中人物とほとんど同じような中心的役割を演じさせることにより、『ハリー・ポッターと賢者の石』は明らかに一つの学寮物語となっている。ローリングは学寮の舞台によって供される機会を理解しており、それを巧みに用いている。通例は些細な若干の行動をこせこせした学寮規則で切り詰めるといった、二重に行き詰まらせている行動倫理や、各学寮の得点の減点、これらは、生死をも含めて、はるかに深刻な事柄が、善悪のために働くより大きな力によって管理される〔魔法〕世界の中に、秩序らしきものを授けている。とりわけ、かつ異例にも、ローリングは学寮の核心そのもの――学習――や、それがみんなのためになしうるものを支持しているのである。

学寮物語が供するのは、子供たちが少なくとも小規模には力強くて、かつ保護されてもいる、一つの完全な世界である。彼らの活動を実際面では表面上痙攣《けいれん》させているさまざまな規則や規制が存在するが、しかし、彼らが家庭から離れる寄宿学校ではとりわけ、彼らは家族からの感情的支持を断たれるが、表面的にはこのことは親子関係の感情的な複雑さからの解放のように見えるかも知れない。その代わり、彼らの感情的エネルギーは、同年代の子供たちや、やや年上か年下の者たちとの強力な友情や敵意に注がれることになる。

寄宿学校での子供たちの絶えざる身体的な接近は、行動の緊張を高める。より多くの時間があるために、より多くの事柄が発生する可能性を与える一方、夜のさらなる余分の時間は、より大きな恐怖の要素を孕んだ、より暗い陰謀を可能にさせる。閉ざされた世界は、両親からの妨害で乱されることなく、こまごました子供たちの生活に関して刺激的な雰囲気を生みだす。

寄宿学校というのは、いたるところの大多数の子供たちにとっては馴染みのない経験であるのだが、この学校についてのアイデアはフィクションでは長らく人気を得てきたものである。ローリングは、慣習的な規則、階層制、スポーツ熱、食物談義を利用することにより、ホグワーツ校を手際よく伝統に適合させている。フィクションでは歴史的に、寄宿学校の食事は貧しく、量も少ないと決まっているのだが、これとは反対に、ホグワーツ校のそれは上等で、たっぷりあり、この学寮の全体的な価値の重要部分となっている。劇的な舞台や城めいたようすの点からしてどう見ても、ホグワーツ校はディーン・ファラーの古典『エリック、または少しずつ』(一八五八年)における絶壁ロスリンや、ブライトンの概してより陽気な『マロリー・タワーズ』物語シリーズに多くを負うているようだ。ホグワーツ校の向こう側にあるホグズミード村——三学年以下の全生徒には出入り禁止区域——も学寮と同じ魔法のなかに包み込まれているが、これはトマス・ヒューズの『トム・

ブラウンの学校生活』（一八五七年）におけるパブ生活を反映している。これは学寮生活の一種の拡張であり、より大きな自由を可能にするとともに、外界と交わることでもたらされるトラブルの可能性をも与えることになる。

ほとんどの学寮物語は、生徒の教育よりも、生徒の社会的発達のほうにかかわっている。少年少女の学寮物語にあっては同様に、友情がもっとも重要なテーマである。個人主義は学寮物語では奨励されないし、単独に行動する子供はたいていはせいぜい〝妙だ〟と考えられるだけだし、ときには〝不吉だ〟と考えられ、何か隠しごとがあるのではとの気持ちを広めることになる。寄宿学校では孤独でいることは良いことではない。友だちはしばしば、正反対の魅力に基づいて互いに引きつけられることがある。このことが何を意味するかと言えば、ある者の弱点は他の者の強みによって埋め合わされうるということである。アントニー・バカリッジの『ジェニングズ、学校へ行く』（一九五〇年）においては、ジェニングズとダービシャイアーの二人がリンベリー・コート私立小学校にやって来て、一人は社交性に富み、スポーツ好きで、楽天的であり、もう一人は内気で、勉強熱心で、心配症であるために、お互いに友だちとなるのだが、これとまったく同じように『ハリー・ポッターと賢者の石』ではハリーとロンがホグワーツ急行列車で出会うと、二人はすぐさま仲良しになる。ロンの魔法術の欠如は、ハリーのありあまる魔力で埋め合わされるし、他方ロンの魔法や、殊にホグワーツ校の生活の委細についての深い知識は、ハリーのひどい無知を埋め合わせることになる。

男女混合の寄宿学校を舞台とした学寮物語がほとんどない以上、男女間の友情は珍しいとはいえ、ハーマイオニーをハリーおよびロンとの三人組に組み込むというのも、ありふれた考えである。

ハリーやロンと同じように、アントニア・フォレストの『秋の学期』(一九四八年)においてキングズコウト小学校に入学することになるマーロウ家の双児ニコラとロウリーは、通学途上の電車で、三人組の三番目タリア――ティムとして広く知られている――に出会っている。ラジャード・キプリングの『ストーキーとその一派』(一八九九年)においてストーキー、ビートル、エムタークに見られるように、三人組には、いかなる一つの状況に対しても三つの反応を生じさせうるという利点があるのだ。「ハリー・ポッター」シリーズを通して、ロンとハーマイオニーは、ハリーが――そして、友情のゆえにほかの二人が――しばしば陥る絶望的状況に対して、まったく違った、だが同じくらい重要な反応を示している。少なくとも『ハリー・ポッターと炎のゴブレット』(互いに大げんかすることになる)までは、ロンのほうがハリーにとってより親密であるのだが、ハーマイオニーの聡明かつ周到な忠告はいつも正しいし、しばしば最終的には受け入れられているのである。

学寮物語では、ライヴァル・グループの対立は友だち集団と同じくらい重要性をもつ。主人公たちの占める道徳的に高い地盤を目立たさせる上で、ライヴァルたちは重要な役割を演じている。つまり、上等な天性や行動は、ほかの者たちから邪魔されたり、見くびられたりすることにより強化されるのだ。ハリーやその学寮での直接の大敵ドラコ・マルフォイは、学寮外では互いに憎むべき、より深い理由をもっとはいえ、学寮内での二人の関係は学寮物語の枠組みにうまく当てはまっている。マルフォイはまた、別の三人組の一部でもあるのだが、クラッブとゴイルはたんに暴漢的な従者にすぎず、マルフォイの不節制な行動を励ましたり模倣したりしている。ロンとハーマイオニーとは違って、彼らは独自の視点をもたず、このことがこのトリオをより暗くしており、その力を弱めている。マルフォイがかもし出しているのは、ヒューズの『トム・ブラウンの学校生活』で名うてのフラッシュマンに張り合うものであり、もうすっかり怯え切ったネヴィル・ロングボトムを脅すときのありさまは、いばりちらしの、魔法版である。

学寮は階級や富の隔差に満ち満ちている。貧しいが賢い給費生徒たちの役は、エリナー・M・ブレント＝ダイアーの『シャレーの学校』物語シリーズ（一九二五年以降）のような、第二次世界大戦以前のあらゆる学寮物語ではよく見られるものである。ローリングは富や階級の隔差というテーマを魔法世界の中に取り込む際に、旧い純血の魔法使いの家族に属する子供たちと、遺伝というよりも自らのうちにある何かによって魔法世界に至った第一世代に属する子供たちとの区別に訴えている。ここでもやはり、マルフォイの姿勢はハリーをよりはっきりと見せるのに役立っている。マルフォイがハーマイオニーを好かないわけは、彼女が旧い魔法使い一家の出身でないからという、純然たる偏見のせいなのだ。彼がロンをさげすむのは、ロンの家族が貧しいからである。ハリーがハーマイオニーとロンの二人を最良の友だちとして認めていることは、ハリーの寛容さを示すし、かつ彼のより高級な性質を強調してもいるのである。

ハリーびいきの教師とハリーに敵対的な教師との対置でも、ローリングは学寮物語の伝統に従っている。マルフォイにおけるのと同じく、スネイプがハリーを憎むのにはより深い、歴史的理由があるのだが、グリフィンドール寮でのスネイプ先生のハリーに対しての絶えざる非難や、この寮の得点を彼が絶え間なく減点しているのは、「ジェニングズ」シリーズ〔アントニー・バカリッジ作〕の物語を通して、ジェニングズとダービシャイアーに対していつも短気なミスター・ウィルキンズが否定的反応をもって迎えているのと似ている。

戦前のすべての女学校物語にとって中心をなしているのは、一人のお嬢さん《マドモワゼル》先生である。少女たちにとって重要と考えられて、フランス語会話を教えるために連れてこられた、これら孤独で傷つけられやすい若い女性たちは、決まって、ぞっとするような悪ふざけとかいたずらの犠牲にされるのだ。彼女らが外国からやって来たという理由で、異国風だ、と生徒たちは考えるのである。彼女らの異国振りは、こぎれいさとエレガンスによって示されるのだが、しかしまた、彼女らが見事に着こなしているため、生徒たちに嘆かわしいと非難したり嫉妬したりさせるような、非‐英国的虚栄心を示すということによってもそれは表現されるのである。

〝本物の〟教師とは違い、彼女らは――いつもは見られないことなのだが――狼狽させられるとすぐに泣き出したり、〝フランス式英語《フラングレ》〟を口ばしったりする傾向がある。『ハリー・ポッターと炎のゴブレット』において、三校対抗杯試合に参加するため、ホグワーツ校にやって来る、ヴィジターのボーバトン校チームの監督で、すらりと均整のとれた教師マダム・マクシムにあっては、ローリングはステレオタイプを覆しながらも、そのお決まりの特徴の多くを採用してもいる。マダム・マクシムは並外れて大きい――一部分は生まれながらの巨人だということが判明する――が、またたいそう魅力的でもある。ハグリッドはたちまち彼女に夢中になる。しかし彼女はもちろん、からかわれたり苦しめられたりするはずもないし、女性校長にふさわしく、かなりの権威をもち合わせている。とはいえ、彼女の特徴のいくつかには、より伝統的なフィクションの相当物が存在する。彼女の身なりはきちんとしている――彼女の衣服と宝石類はやや詳しく記述されている――し、高潔なダンブルドアでさえ、彼女の女性らしさには明らかに心を動かされている。ホグワーツ校に居住する女性教師たちのほとんどは、親切だとしても、職業的でビジネスライクなのだが、マダム・マクシムは外見上でもより女性らしく、またより思いやりがあり、より感動的な人物として描かれているのである。

ローリングの学寮物語に出てくる人物たちは、いずれの学寮でも馴染みのものであろう。彼らは日常の興奮にすっかり現実的な反応をしているし、学寮が基礎にしている階層関係にたやすく適合させられている。

スポーツや、それが個々人から学校の英雄をつくりだす役目は、学寮物語の慣習の主要部分である。チームの傾倒の重要性や、個人的な努力と才能の寄与をともに強調することにより、スポーツの重大な時機は学校なり寮なりを巨大な情念の発露へと結びつける。クイディッチ――ローリングのもっとも輝かしい創案の一つ――はほとんどのゲームの実質上ばかげた仕組みを賢明にもあざけりながらも、他方では、それを利用して、ハリーの魔法的優位を引きたてて見せてもいる。ホグワーツ校では、他の虚構的な学校でもそうだが、スポーツの領域は、感情の力の葛藤を演じるための合法的舞台なのである。ローリングは素晴らしい時機選定の感覚があるため、シリーズを通して、いくつかのクイディッチ試合の中に恐るべき劇的緊張を注入することができるのであり、彼女はゲームやそこで起きる出来事のペースを変えながら、たとえ結果がほとんど予想できるにせよ、それをはらはらさせるように、かつともかく驚くべきものとなるようにと精力を注いでいる。

魔法学校

ローリングは魔法を付加することによって、伝統的な学校とか、学寮物語の枠組みとかを変えた最初の作家では決してない。アーシュラ・K・ル＝グウィンの『ゲド戦記』四部作（一九六八―一九七三年）では、少年ゲドは大魔法使いの実習生になった後で、ロークの学寮へと送られる。だが、ロークの警備員で大魔法使いのネンマーリはダンブルドアにちょっと似ており、この学寮には生徒たちの眠る塔もあるとはいえ、『ゲド戦記』は『ハリー・ポッターと賢者の石』よりも実際の学寮との結びつきではるかに劣る。

ジル・マーフィの『どじ魔女ミルの大てがら』（一九七四年）およびその続篇では、ミルドレッド・ハブルが通う学校、ミス・カックルズ・アカデミーはホグワーツ校と同じように、馴染みの学校の特徴――厳格な教師、宿題、緊密な友情集団――をもっている。ホグワーツ校でも、魔法は飛んだり、出現したり、消え失せたりするのを可能にするし、いくつかの異常なことがペットたちに起きており、これらすべてが大いなるユーモアをもって扱われている。ローリングは同じ魔法の創意工夫のいくつかに頼っているのだが、『ハリー・ポッターと賢者の石』とその続篇は気分もペースもより大きく変えて書かれた、はるかに質感のどっしりした物語となっている。

学寮物語の限界の外で、他の年端もゆかぬ魔法使いたちは、博学な年長者たちの下で学ぶことにより、技術を覚えたのである。とりわけ、T・H・ホワイトの『石にさした剣』（一九三八年）における若きワートは、マーリンによって個人指導を受けることになっている。マーリンはダンブルドアと同じく、過去のあらゆる知識に通暁しているのである。

子供時代の一部は、後で総合されて力と化するような知識を獲得することにある。大半の学寮物語では、授業はざっと略述されるだけである。ところが、ローリングは学習に大きな重要性を認めている。ハリーがヴォルデモートを打ち破ることができるようになるのも、ただ学習によってなのである。ホグワーツ校での授業は不可欠な情報源なのであって、これはその後実際の冒険で用いられることになる。『ハリー・ポッターと賢者の石』ではロンはフリットウィック先生（呪文学）によって教えられた、ウィンガーディアム・レヴィオーサなる〔物を飛ばす〕呪文を唱《とな》えて、トロールを打ち破っている。勤勉による学習も重要性をもっており、たとえば、『ハリー・ポッターと炎のゴブレット』では、ハリーはハーマイオニーの助けを得てアッチョ（呼び出しの呪文）を絶えず実行することにより、三校対抗杯選手権の第一課題でハンガリアン・ホーンテールから逃がれるために自分の炎の矢を呼び出すことができるのだし、そして、もっと重要な、三校対抗杯を獲得するチャンスが巡ってくると、〝アッチョ〟〔炎の雷〕なる同じ呪文を用いて、ヴォルデモートからまたも逃がれることができるのである。それ以上に、授業はローリングの最良のいくつかの創案のための手段となっている。それらはときには、ルーピン先生がまね妖怪《ボガート》を呪文で呼び出すときのように真剣だったり、ときには、ビンズ先生が退屈な魔法史の授業を行うときのように現実に密着したパロディーだったり、またときには、ハグリッドによるバックビーク〔ヒッポグリフ〕や火炎を上げて終わるスクリュー〔サラマンダー〔大とかげ〕〕といったものでの授業のような、狂気じみた想像力だったりする。

ファンタジーの世界

学寮物語がハリー・ポッター物語のアーチ構造を供しているとはいえ、ローリングはまた、子供および大人のための主要なファンタジーに共通のテーマのいくつかに依拠してもいる。

ホグワーツ校もその一部となっている魔法世界は、C・S・ルイスのナルニア国、J・

R・R・トールキンのミドル＝アース、アーシュラ・K・ル＝グウィンのアースシー、J・M・バリのネヴァーランドとまったく同じように、一つの完全な創造物である。この世界は非－魔法使いのマグルたちには気づかれないためにそのように推し出されているのであり、そして、ひとたび内部に入れば、そこはそれ自体の論理で治められているのである。ローリングは注意深く内部のルールを維持しようとしており、魔法装置によってのみ到達されうるような不合理な結果を決して許容してはいない。このように考案された世界にあっては、動物、植物、風景、気候、これらすべてがそれら独自の力をもっている。学校の構内の端にある〈禁じられた森〉は、ナルニアにおけるのと同様の魔法的動物たち――ケンタウロスとか一角獣のような――にとっての生息地や舞台を供している。〈ミドル＝アース〉におけるエントたちと同じく、枝の届く範囲にやってくる者たちをすべて邪険に攻撃する〈暴れ柳《あばれやなぎ》〉は、それが育つ環境を支配するために積極的な役割を演じているのである。

ローリングの考案した世界では、主要登場人物たちは、トールキンとは違い、だがル＝グウィンと同じように、人間なのだが、その或る者たちはいくらか突然変異をするのである。『ハリー・ポッターと炎のゴブレット』で見られるように、ハグリッドは巨人の役をしているし、男女を問わずどの魔法使いもひどく長生きするための潜在能力を有している。

彼らはみな、特に注目されることもなしに、現実世界に現われることができるし、ときには実際に現われることもある。彼らの正確な起源が何であれ、みんなは彼らを取り巻く魔法によって影響されうるのである。『ハリー・ポッターと秘密の部屋』において、ハリーがクイディッチの劇的なアクシデントの後でマダム・ポンフリー（校医）によって施される、不思議な、完璧な骨の再生とか、ギルデロイ・ロックハートによる、石化作用の呪いを解こうとしたり、やり直そうとしたりする際の失敗とかはその例である。子供の登場人物たちは、ハリーの場合のように特殊な運命をもつ子供でさえ、ほとんど完全に人間らしく行動している。彼らの魔法の技《わざ》は学ばれるか、獲得されるかするのであり、ローリングは彼らに身分以上の力をもたせないように注意を払っている。たとえば、自分の姿が見えないようにするハリーの能力は、彼自身の特殊な何らかの力を通してではなく、父親の〈透明マント〉を〔ダンブルドアを通して〕相続することに起因する。〝飛び出し〟への能力――ある場所から他の場所へと旅するもっとも容易な方法――は、運転免許試験に等しい。より年長の生徒たちはそうするために一コースを受講し、それから試験に合格しなくてはならない。

だが、これは魔法世界であるからローリングも、その能力や体力が人間の可能性を超越している、非‐人間的な生き物のキャストを考案している。『ハリー・ポッターと賢者の石』において〈禁じられた森〉の中で殺されて発見される一角獣――その血はヴォルデモートを生き続けさせるために、クィレル〔闇の魔術への防衛術の教師〕によって集められる――とか、ハリーおよびヴォルデモート両方ともの魔法の杖を制御する尾の毛を供した、ダンブルドアの賢明で通っている不死鳥フォークスとかのような、若干のものは神話に由来する。両者とも、それぞれ再生と永遠の生命を象徴するものとして、たとえば、E・ネズビットの『火の鳥と魔法のじゅうたん』（一九〇四年）〔『砂の妖精』に始まる三部作の二番目の作品〕やエリザベス・グージの『まぼろしの白馬』（一九四六年）におけるように、魔法的な目的のために頻用されてきたのである。賢者の石を監視する〝綿毛の〟という、巧みに悪しき名前を付けられた犬には、ギリシャの黄泉《よみ》の国への入口をふさぐ犬ケルベロスと同じく、三つの頭をもっている。

トロール、吸血鬼（ヴァンパイア）、狼人間は、ハリーおよびその学校友だちがホグワーツ校やその世界の魔法の中に入っているときには、彼らと並んでやすやすと共存している。『ハリー・ポッターと賢者の石』では、ローリングの魔法的な生き物は、どちらかというと派生的で無性格なのだが、しかしシリーズが進展するにつれて、異常な動物たちのキャストも、とくに強力なバックピークのように乱暴で決まって危険な〝ペットたち〟からなる、ハグリッドの幻獣小屋を通して、そのように展開してゆく。これはほかのもろもろのファンタジーからのいろいろの生き物を独創的に寄せ集めた、素晴らしいアマルガムなのだ。ウィーズリーの庭に住んでいる〝生きた〟庭小人たちや、自ら鞭打つ屋敷下僕妖精《しもべ》たち——ことにドビーとウィンキー——は、どの魔法キャストのリストにも載せられるべき、見事な付加となっている。

善悪のそれぞれの力の代表者としての、ハリーとヴォルデモートとの権力闘争では、ローリングはスーザン・クーパーの「闇の戦い」五部作（一九六五—一九七七年）やアラン・ガーナーの『エリダー』（一九六五年）を含む多くのファンタジーにおいて馴染みのテーマを自家薬籠中の物としている。これら二つの作品においても、子供たちは他の世界または時代からの、闇の諸力にかかわっているのである。ハリー・ポッターにあっては、闇は魔法の世界そのものの内部に起因している。闇と闘うために、ハリーは魔法の技《わざ》を育まなければならない。犠牲者たちやサポーターたちをえさとして成長するヴォルデモートに対抗するために。

ナルニア国ものがたりにおけるのとは違って、ローリングは宗教的なニュアンスを含めてはいない。ヴォルデモートは悪事にもっぱら関心が向いている魔法使いであるし、ハリーには彼に対抗し彼の力に抵抗する魔法的な宿命がある。ハリー、殊に彼のホグワーツ校仲間の生徒たちは、ちょうどジョン・ウィンダムの『呪われた村』（一九五七年）、ジョン・クリストファーの『保護者たち』（一九七〇年）、ピーター・ディキンソンの『悪魔の子どもたち』（一九七〇年）において子供たちが選ばれているのと同じように、魔法世界である役割を演じるために選ばれたにせよ、ハリーは救済者ではない。

閉ざされた世界、善悪の葛藤、選ばれし少数者なる考え、こういうテーマはすべて、さまざまなやり方で脚色されてきた、広範な語りの伝統に由来するものである。ファンタジーは、龍殺し以降、ほとんどの伝統的な、もっとも古い物語に基づいており、これらの物語にはその後新たな脈絡が与えられることになる。ハリー・ポッター物語の中心的なプロット輪郭とても同様である。すなわち、孤児としてのハリー、子供の残酷さの現代版から彼に生き残ることを可能にするその魔法的な宿命、そして、『ハリー・ポッターと秘密の部屋』におけるバジリスクとか、『ハリー・ポッターと炎のゴブレット』における〈ハンガリアン・ホーンテールをもつ龍〉といった、悪の代表と闘ったり、闇の諸力の主たる害悪と戦ったりする、英雄としてのハリー、といったように。ローリングの力倆は、こうしたさまざまな物語の構成要素を独自により合わせていることにある。彼女のさまざまな物語は印象的な折衷主義を映し出しており、このことは、それらの発端の契機となった模倣を作り上げるにとどまらない、それ以上のものを産み出している。

「ハリー・ポッター」物語シリーズは、善悪というホットなファンタジーのテーマを人権や人種の議論を通して一新するという味つけをした上で、学寮物語の伝統へのノスタルジーを巧みに融合したものである。対照的な現代のブラックユーモア風の喜劇と、二〇世紀末に関する社会批評とをちりばめることにより、脈絡もアクセスも与えられているのである。

II ハリー・ポッターの世界

4　ホグワーツ校の魔法世界

「ハリー・ポッター」物語シリーズの奇妙な点の一つは二〇世紀末に、寄宿学校の冒険がたんに英国読者の一部の集団全体ばかりでなく、その後、国際的な読者層にも、予想もしないほどアッピールしたということだ。寄宿学校はなるほど英国教育制度の背骨であり、かつ幾世代もの植民地指導者にとって重要な、性格形成の体験の場であったにせよ、それはごく僅かな地主や少数の中流の上層階級だけのものだったのだが、それでもそれは児童小説においては支配的な教育形態だったのである。二〇世紀の最後の四半期には、こういう学校は数でも名声でも失墜したし、その地位は変化した。家庭の値打ちが今や人間らしさの値打ちより勝っているし、親も生徒もどこであれできるだけ、普通の昼間に通学する学校を選んで、いやな政治体制の場から去ったのである。寄宿学校で代表されてきた、家庭からの完全な隔離と監禁は、生徒が週末には帰宅する以上、もう放棄されてしまっている。

こういう制度に本をセットするのは、社会の向いている現実の時流にひどく反している。総じて、一九九〇年代中葉頃からの児童書は、できるだけ多くの子供たちの生活を反映した、包括性の方向に進んできている。当時から、より広い社会範囲や人種混血から生まれた子供たちが、なかんずくルース・トマス、ジャン・ニードル、バーナード・アシュリー、ロバート・リースンのような作家たちの広範なタイトルにおいて、同等の関係で登場し始めたのであり、これらはイーヴ・ガーネットの古典的な『ふくろ小路一番地』（一九三七年）やその続篇『続・ふくろ小路一番地』（一九五六年）――現代児童書の中心となっている――のラグルズ一家のような家族をなしているのである。住宅の観点からは、こういう包括性が何を意味したかと言えば、ジリアン・クロスの『脱出』（一九七九年）におけるような、荒廃した長屋式住宅《テラスハウス》がペネロピ・ライヴリーの『ノーラムガーデンズの館』（一九七四年）の快適な、中流の北部オックスフォードの環境とか、スーザン・クーパーのファンタジー『光の六つのしるし』（一九七三年）〔五部作「闇の戦い」の第二作〕のがたがたの田舎の背景に取って代わったということである。

家庭を外れて、作家たちは学校環境を国家の教育設備の現実を反映させるべく適合させてきたのだ。初めの数年間、ジーン・ケンプはその〔カーネギー〕賞を獲得した『わんぱくタイクの大あれ三学期』（一九七七年）の舞台を、クリックルピット小学校という、現代英国の大多数の子供たちがきっと認めるであろうような、すっかり信用できる学校に置いたし、その後は、『カウィ・コービーは鶏を演じる』（一九七九年）や『チャーリー・ルイスは時間を演じる』（一九八四年）といった、同じ学校が物語どうしの絆として活躍するために実際の背景を供している、一連の物語で続けたのである。同様に、アランとジャネット・アールバーグ（夫妻）の五巻本『れんが街の少年たち』（一九七五―一九七六年）も、作中人物たちの参照点・接触点として、典型的な市立小学校を用いていた。

中学校物語はよりゆっくりと順応したのだったが、ＢＢＣのテレヴィジョン・シリーズ「グレーンジ・ヒル」（ロバート・リースン作）の成功は同定可能な背景としての総合制中等学校の到来を示すものだった。グレーンジ・ヒルという高級な側面とは対照的に、フィクションの中での総合制中等学校は、充満した混沌の雰囲気のなかで暴力が支配している、社会的・教育的混合状態をざっと示唆した、定式的な言及によって明示されるのが常だった。

ハリー・ポッターやホグワーツ校の世界は一つのファンタジーであるし、そして、ハリーがダーズリー一家と暮らしている〝現実の〟世界とても、実は一つの想像上の構成物なのだ。だが、寄宿学校の舞台設定の起源は、ファンタジーではなくて、一つの旧式な現実（つまり、当然考えられてきたように、読者たちには馴染みのない、疎《うと》ましかったような、社会階級と金銭についての、たくさんの憶測を孕む現実）にあるのだ。

驚くべきことには、フィクションにおいては寄宿学校の伝統は常に、それに馴染みのない読者たちに人気を博してきたのである。ローリングが利用しているのも、現代の寄宿学校の現実というよりは、寄宿学校物語の数々の、長らく確立されてきた伝統なのだ。そういう物語は初めて公けにされたときでさえ、同時代の公衆にとっては、現代の読者にとってと同じように非現実的だった。現代の読者にとっては、イーニッド・ブライトンの『マロリー・タワーズ』とかアントニー・バカリッジの「ジェニングズ」シリーズのような、今なお出版されている人気のある学寮物語は現実と同程度にファンタジーでもあるからだ。これらの物語は子供たちの自らの学校経験からの直接的な親しみをもっているが、しかしまた、日常生活からの遊離が信じこませる、意外さや予想不能性の要素も含んでいる。学校の閉ざされた世界がつくりだすのは、外界からの干渉を一切免れた、規則、階層、善玉と悪玉を有する、完全なミニチュア世界である。ホグワーツ校はそういう制度の完璧な一例なのであり、しかもその最極端において採り上げられている。大半の両親たちは決して学校にやって来ないし、生徒たちはクリスマス休暇や復活祭休暇の間でさえ滞在することを許されている。このことは生徒たちを幾月も立て続けに〝現実〟世界との接触から護るだけでなく、また彼らに拡大された冒険に必要な大量の時間をも与えることになる。

ローリングはたいていの読者にとってはもうファンタジーと決まっている、一つの定まった文学形式を採用した上で、さらにもう一つの予想不能な因子——魔法——を付加している。一つの慣行に従いながら、さらに一つの重要な変化を行うということは、有力でかつ解放的な文学慣行である。ジョーン・エイキンの『ウィロビー・チェースのおおかみ』（一九六二年）やその続篇は、十九世紀——ただし、スチュアート王家が今なお王位にあり、ヴィクトリア女王の治世が決して起きなかったといった、英国君主制の実際の歴史の書き換えによって意外性が生じてくる十九世紀——のなかにしっかりとはめ込まれた、一連の歴史小説である。悪漢の要素が付加されたために、予期せざるもろもろの可能性の余地が生じている。

したがって、「ハリー・ポッター」シリーズは、魔法的な事柄がいろいろと起こりうる、一つの考案された世界のより広いファンタジーの中での、一つのファンタジー学寮物語ということになる。両方とも強力な文学的先例があるのであり、ローリングはこれらを自由に利用しているのである。

このことは物語を簡単に接近可能な一つの想像界たらしめる。創案の大飛躍を要求して、読者に重い負担をかけたりはしない。枠組みは馴染み深いものだ。ディテールは変えられているが、その真の目的は、魔法を使う子供たちから、日常世界をすっかり取り除くことができるようにするということにある。

＊　＊　＊

ホグワーツ校は「ハリー・ポッター」シリーズの目玉である。ハリー、ロン、ハーマイオニーといった作中人物たちや、ありそうな教師やありそうにない教師のギャラリーと同じくらい、ホグワーツ校は同定するには十分なほど信じられうる、だが、楽しむには十分なほど神秘的な場所として、読者たちの想像力を捉える。ハリーにとってとまったく同様に、読者たちにとっても、ホグワーツ校は身体的・感情的な聖域を供している。毎学年の始めにホグワーツ校に戻ることは、ダーズリー一家での精神的動揺の後で、ハリーにとって一つの救いであるし、それは旧式な価値に基づいているとはいえ、危険な要素で味つけされた、安全な世界への入場を可能にしている。最上の学寮物語におけるように、ホグワーツ校も生徒たちの視座から見られている。彼らは明らかに、意志決定の大幅な自由を許されているし、この自由をハリーははなはだ効果的に用いている。同輩のルールが日常の相互作用に適用されており、教師たちはその現実の対応物であれ、その虚構の対応物であれ、いずれのものからしても明らかに予想もつかない行動をしている。それでも実は、ホグワーツ校は大人たち——とりわけ、ダンブルドア——によって制御されることにより、そこをほとんど安全地帯たらしめているのである。ハリーが毎学年の間取り組まねばならない、恐怖のジェットコースター――ローリングはこの恐怖をそれぞれの物語においてうまく満足のいくように、段階的に拡大させている――にもかかわらず、舞台設定には一種の安堵《あんど》感がみなぎっていて、読者を元気づけてくれる。避難所、食、衣の点で、生徒たちに規則的かつ包括的な、一年を通して世話をやいてくれる、安全で、伝統的なホグワーツ校は、子供たちにとって身体的・感情的な安らぎの場所なのだ。その学校の明瞭な規則には罰則が付いていて――各寮の得点が加点されたり減点されたりするし、学校での居残りの罰は速やかに適用され処理される――この包括的な組織体を秩序づけているから、魔法の混沌《カオス》や危険が生じさせるさまざまなリスクにも即応できるようになっている。

たとえば、弱い者いじめは、他のどの学校にも見られるようにホグワーツ校でもはびこっており、魔法の呪いをかけることだってできるだけに、それはなお一層危険になりかねないのだが、物語シリーズを通して深く流れているこの学校の道義や、教師たちによるしっかりした管理によって食い止められている。傲慢で金持ちのマルフォイはずっといじめっ子のままだ。『ハリー・ポッターと賢者の石』においてネヴィル・ロングボトムの〈思い出し玉〉を盗んで彼のことをマルフォイがからかうのにひどく激高したハリーは、誰もマダム・フーチが現場を離れている間は飛んではいけない、もし違反したらホグワーツ校から即刻追放する、との脅迫で強められた指示をしたのもものかは、この指示を無視するに至っている。そうすることにより、彼の天性の飛ぶ才能がマクゴナガル先生の目に止まるのであり、かくして彼はグリフィンドール寮のクイディッチ・チームの、（規定年齢に達していないのに）シーカーとなるのだ。ハリーは咎《とが》め立てにならずにすむ。一方、マルフォイのいじめ行為は完全に失敗に帰するのであり、逃亡するもうまくいかない。『ハリー・ポッターと炎のゴブレット』では、彼はもっとしたたかな目に遭った上で放免される。ハリーが背を向けているとき攻撃を加えようとするマルフォイを捕らえて、ムーディ先生は彼を白フェレットに変えてしまい、床の上でぶっきらぼうに上下にバウンドさせている。スネイプ先生だけはマルフォイのいじめ行為を大目に見て甘やかしており、マルフォイもスリザリン寮もまったく罰しないで、グリフィンドール寮から寮の得点をしばしば減点している。ハリーのスネイプに対する憎しみは、この教師のこのように明らかに公平を欠き、すべての生徒を平等に保護すべしとの全員の願いに反した振る舞いによって大いに煽られるのである。いわば、慣習的な高い道徳律に基づいた、こういう望ましい種類の秩序・管理こそが、頼もしいものであるし、フェアプレーへの子供たちの欲求を強めもするのである。

それ以上に、いかなる種類の寄宿学校でもその共通特徴は、両親から子供たちを遠ざけることにある。友だちどうしのいさかいには、緊張を孕んでいるとはいえ、家庭内でのより深刻な感情的いさかいのドラマはない。兄弟姉妹の対抗心に、両親の離婚問題、新たな継親や継親の連れ子である兄弟姉妹への適応、といった、複雑な家庭生活は、少なくともフィクションにあっては、すべて置き去りにされている。ところが、これらのことは多くの子供たちにとって現実問題だし、また、ここ二五年間の現代児童文学の大半は、これらの問題への〝取り組み〟にかかわってきた。勇敢な性質《たち》の子供たちの住むウィットに富みはらはらさせるような世界、しかもこの種の現実から離れてうまく設定された世界を創りだすことにより、ローリングは表向きはぎょっとさせるが、感情面では元気づけるような、一つのはなはだ興味深い選択肢を供しているのである。

ホグワーツ校は現われて間もないにもかかわらず、今やしっかりと文学風景の中に確立されている。想像界の中心に所在し、それ自身の風景、気象システム、生態を完備しているし、物語シリーズのしっかりした基盤を供している。それはローリングが何に秀でているかを示す、もっとも本質的でかつ承認されうる一例なのだ。つまり、原作の構造や細部に細心の注意を払いつつ、既存のものを独創的につくり変える才能のことである。漠然とした輪郭を素描するというよりもむしろ、細部を正確に正しく理解することにより、端的にかつ手に取るように認識できるようになるし、このことは今度は、ウィットに富んだ創案へのより大きな余地をもたらしているのである。

ローリングはホグワーツ校を段階的に導入している。当初に届くのは、マーリン勲章、勲一等、といったばかげた肩書から成る、ダンブルドアの長ったらしくていささか滑稽なリストを印刷している、便箋に書かれた手紙の束である。次には寮のリスト。ハリーがこの魔法世界と最初に出会うのは、ハグリッドと一緒にダイアゴン横町へ買い物の旅に出かけたときである。

ホグワーツ校よりスケールは小さいが、ダイアゴン横町はローリングのもっとも完成した創造物の一つである。ローリングによる魔術のショッピングセンターは独創的であって、銀行、パブ、本屋、アイスクリーム店といったような、日常馴染みのものを利用して、これを魔法的で独創的なものに転化してしまう彼女の巧みな手さばきを示している。ガリオン金貨〔一ガリオンは一七シックル〕や、シックル銀貨、クヌート〔一シックルの二九分の一〕の詰まった、小鬼の経営するグリンゴッツ銀行とか、だれ気味の買い物客たちの元気を回復させるのに不可欠なパブの〈漏れ鍋〉とかが出てくる。ハグリッドにより美辞麗句をもって作成されたハリー自身の身仕度リストは、こういう学校のあらゆるリストの趣きを捉えている。冬用マントにはどんなボタンが必要かといった、わざとらしい委細とか、衣類にはすべて名前をつけておくようにといった、いばりちらした指図とかで充満しているのだが、これはローリングが寄《パ》せ集め細工《スティシュ》の才に長《た》けていることを早々と示している一例である。同じく、アドルバート

・ワフリング著『魔法論』、フィリダ・スポア著『薬草ときのこ一〇〇〇種』、アージニウス・ジガー著『魔法薬調合法』といったタイトルを含む教科書リストは、ラテン語の起源に滑り込んだり、英語をもじったりする、ローリングの言語遊戯の発端《はしり》を示すものである。その他学用品のリスト（一本の杖、一個の大鍋――錫製で、標準二型と指定されている――一組の薬瓶、一個の望遠鏡、一組の真鍮製物差し）では、ローリングはハリーがホグワーツ校でなそうとしている勉学の魔法的側面を導入している。制服、教科書、学用品についてのこれらのリストは、ハリーが入ろうとしている新天地をくっきりと示すものなのだ。

ダイアゴン横町はハリーにとっても、読者にとっても、魔法世界への入口となっている。旧式な置物通りを創りだしたり、最初の魔法的人物たちを導入したりする際に、ローリングはホグワーツ校の背景を示している。この学校はホグズミード村と同じく、大人の魔法使いの世界の風景を呈しており、ハリーがホグワーツ校の外にあるさらなる暗い魔術や、より広範な味方たちと出会えるようにするのに有益な役割を演じている。

ホグワーツ校の歴史的雰囲気にふさわしくするために、ダイアゴン横町は物理的な記述においても、体裁はよいがこびへつらう商人たちによって経営される店の数々においても、ディケンズ風な古い趣きを漂わせている。ホグワーツ校の生徒たちは階層の高い、階級を背負い込んだ社会の中から選ばれた若者たちなのであり、そういう者として彼らはそこでは奉仕されることになる。サーヴィスを受ける社会をあまりにもそっくり反映している世界にあっては、学校の洋装店マダム・マルキン——普段着から式服までのあらゆる機会に備えた呉服店——で、ハリーがその制服《ローブ》をマダム・マルキン自身の手で合わせてもらうため、踏み台に立って布のすそをピンで留めてもらう一方、マルフォイのほうは他の職員によってサーヴィスされたりするのも当然なのだ。オリヴァンダーの店——西暦紀元前三八二年創業の高級杖メーカー——では、オリヴァンダー老人はホグワーツ校の各生徒の杖を正確に説明することができるし、また、一本一本の杖が生徒にぴったりフィットすることを保証することもできる。P・G・ウッドハウスの執事ジーヴズ〔『無類のジーヴズ』（一九二四年）における〕と同類の、紳士たちに仕えるすべてのベスト・サーヴァントたちと同じく、オリヴァンダーもより多く知っているために、客人たちに対して一種の力を有しているのだ。

ダイアゴン横町はさまざまな文学的源泉に依拠しているのだが、ホグワーツ校そのものは、その名辞からして、実際たるとフィクションたるとを問わず、偉大なヴィクトリア朝英国のパブリックスクールの伝統に基づいているのは明らかである。

塔と小塔、鉛枠小窓、絶壁の崖の舞台設定という組み合わせは、あらゆる学寮に馴染みの物理的特徴である。象徴的なことに、一般的な学寮への伝統に密着して、それぞれの学寮はラテン語のモットー"Drago Dormiens Nunquam Tillandus"〔眠レル龍ヲ決シテ刺激スル勿《ナカ》レ〕の付いた盾の上に示された紋章で特定されるようになっている。それぞれの学寮を表わす各動物は、何らかの徳を一つ象徴しているのであり、狡猾なスリザリン寮にはつるつるした蛇が、賢いレイヴンクロー寮には鷲が、忍耐強く苦労をいとわないハッフルパフ寮には穴熊が、そして勇猛果敢で騎士道的なグリフィンドール寮には左後肢で立ち上がった獅子が描かれている。即座にそれと判る特徴をもった、明白かつお馴染みのシンボルだが、この場合、これらの特徴はたんに人間的であるだけではなくて、魔法的でもあるのだ。

　ローリングの学寮は読者たちからは、フィクションの根源に基づき、すぐにそれと判るし、また部分的には明らかに相違があるとはいえ、現代のもろもろの学寮における彼らの多くの経験に基づいてもたやすくそれと判る。ローリング自身の学寮に対しての意識は完璧であり、それはシリーズの当初に入念に形づくられていたのである。彼女は中身はほとんど付加していない。その代わり、彼女はもっとも具合のよいアイデアを美化している。こういう安定性は、物語シリーズをずっと続かせるのに不可欠なのだ。馴染み深い舞台設定は、魔法が展開していけるためのしっかりした枠組みを提供する。それはまた、新しい登場人物たちやかなりの新しいプロットを創出するための機会を与える。ローリングの学寮への愛情は――ハリーのそれと同様に――彼女がだんだんとそこに精通してくるにつれて、シリーズを通して増大している。

ホグワーツ校での、小塔、広い大理石の階段、秘密の通路はみな、現実からの明白な集合体である。幽霊やポルターガイスト〔音の精〕は、この学寮を魔法的なものとして刻印している。だが、ローリングはすばやくこれらの明白な指針から外れて、彼女自身の魔法的ディテールを創りだしたり形成したりしている。きちんと規則に縛られたホグワーツ校はまた、物語が展開するにつれて変化や進展を組み入れるのに十分柔軟な場所でもあるのだ。

最良の創案のいくつかは最初から見えている。たとえば、大ホールの荘厳な屋根は、外部の天候に合わせられているというが、それ自体の劇的な効果をもつ場面を生みだしてもいる。両方ともがそこで行われる数々のイヴェントの雰囲気を示すものとして作用しているし、この大ホール内のディテールは貴重な感情的な指標を供してくれている。ハリーが最初にホグワーツ校に到着して、初めてこの大ホールを眺めたときには、そこは静かで、その中に輝くそれ自体のスターたちの仁愛であふれている。『ハリー・ポッターと秘密の部屋』では、クリスマスは休暇の間もそこに居残っているダンブルドアと少数者たちによって祝われるので、その大ホールには柔らかで、乾いた雪がそっと降り注いでいる。対照的に、ギルデロイ・ロックハートがヴァレンタイン・デーに作りだす、薄い青色の空から落ちてくるハート形の紙吹雪は、ほかにもロックハートが享受しているすべてのことと同様に、けばけばしく、俗っぽくて、度外れである。『ハリー・ポッターと炎のゴブレット』の冒頭でのハリーが初めて寮に夜戻ってくるときには、まったく違った雰囲気がかもしだされており、大ホールは外部で荒れ狂っている嵐——ハリー、ロン、ハーマイオニーをすでにずぶ濡れにしており、この物語においてハリーを脅かすことになるはるかに大きな危険を前触れしている——をなぞっている。これらの機会に背景を変えることにより、ローリングは日常の、おそらくは非‐魔法的な経験を魔法的なそれへと変えるために、魔法を利用しているのである。

ムードを高めるインテリアは独創的ではないが、しかしローリングによるディテールは確かであり、したがってまた、説得力がある。ホグワーツ校の内部にある深い魔力を強めるように計画された、より独創的な創案は双互作用的な肖像画の数々であって、これらは生徒たちに語りかけるだけでなく、それら自体の額縁を外れて、他の人びとの額縁を訪ねに出かけてもいる。こうした巧みなディテールが『ハリー・ポッターと賢者の石』では導入されており、ローリングはこれをシリーズ全体を通して一つのモティーフとして展開させている。グリフィンドール塔を見張る太った婦人《レディー》が彼女の学寮において生徒たちにかなりの力を発揮するのは、彼女が彼らの出入りをすべてこと細かに承知しており、彼らの談話室や寮への接近をコントロールしているからなのだ。当初は受け身的ながら、彼女はとりわけ、『ハリー・ポッターとアズカバンの囚人』においてシリウス・ブラックがスキャバーズに追いつこうと死に物狂いになるために負傷させられるとき、彼女自身の人格を発揮している。

カドガン卿は彼女が体力を回復する間、その代役として活躍するのだが、彼はもっとあか抜けした展開を見せている。絵の中の番人たちを創りだしてから、ローリングは彼らにより大きな卓越性を付与しており、結果としては、カドガン卿はプロットの中で活発な役割を引き受け、忍び寄るすべての者たちに手当たり次第に挑戦するのだが、シリウス・ブラックに対しては、彼がパスワードを知っているためにおとなしく入口の門を通過させている。パスワードの規則をあまりに単純かつ正確に守るようにカドガン卿を拘束することにより、ローリングは彼の賑やかな決闘をますます対照的なものにしており、こうしてより効果的で楽しめるようにしているのである。

『ハリー・ポッターと炎のゴブレット』では、ローリングはしわくちゃの魔女ヴァイオレットを素描している。この魔女はハリーが三校対抗杯試合に不意に加えられたことを最初に知り、自分自身の絵からとび出して、他の絵の中の住人たちを訪れ、雑談するのである。

ありあまる悪事から安全な避難所たらしめる魔法によって縛られているとはいえ、ホグワーツ校の大半が依拠しているのはトリックではなくて、雰囲気を創りだすために場所のもつ重要性についてのローリングのセンスなのだ。シリーズを通して、スネイプの授業は、その意地悪い性格を反映して、薄暗い土牢《つちろう》の中で行われるのであり、このことがハリーをして彼への不信感や不安感を強めさせるのである。対照的に、トレローニー先生の占い学の授業は伝統的な占いと現代的な占いを魅力たっぷりに非現実的に混ぜ合わせたものであり（優れた魔法の技術を有するハリーや、先端的な机上の学問を身につけたハーマイオニーはこれを嘲《あざ》けることもできるのだが）、それは或るボヘミア人の屋根裏部屋で行われる。しかもそこへは、天井にしつらえられた跳ね上げ戸から降ろされた銀色の段梯子を通って入ることになっているのだ。

彼らの寮の中にひとたび入れば、学寮の外にうごめく多くの魔術は休止させられている。グリフィンドール塔の内部では、ハリーは彼を取り巻くより大きな運命やそれに付随したあらゆる危険から護られている。彼を取り巻いているのは、勇敢さと騎士道精神のゆえにグリフィンドール寮に組分け帽子によって選ばれた生徒たち――実質上、黒魔術との戦いに没頭している全員――だけである。寮の幽霊でさえこのしっかりした各学寮に侵入することができないのであり、したがって、魔法の可能性が減じることになる。この安全な避難所の中で、ローリングが立ち返っているのは、伝統的な寄宿学校のイメージ――心地よい肘かけ椅子と燃えている暖炉を備えていて、十九世紀のどの学寮物語にも出てきそうな談話室――をうまく混合することとか、少年たちの円形の寮における四柱式ベッド〈付図参照〉のような、より豪華で異国風なものとかなのである。

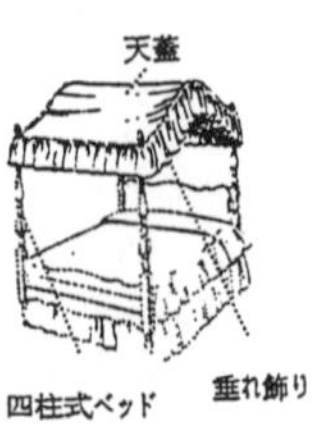

グリフィンドール塔はこれまたいかなる大人にも邪魔されない子供だけのエリアなのだが、この中での静寂の瞬間により、ハリーは持ち前の人間的感情に耽ることができるのである。『ハリー・ポッターと賢者の石』の中で、彼が四柱式ベッドの中で目覚めながら、初めて大量のクリスマス・プレゼントに驚き興奮するのも、この寮においてなのだ。友情、とりわけ、ハリー、ロン、ハーマイオニーの関係における日常の諸問題は、このグリフィンドールの談話室でもっとも十分に現われている。そこではスナップ（クッキー）を爆発させるいたずらにフレッドとジョージが耽ったり、魔法仕掛けのチェスという、より深刻で奇妙なゲームにロンが優れた能力を発揮したりする。だが、その他の寮に浸透して支配している魔法は、この塔の監視人としての役を果たす肖像画によって排除されている。

シリウス・ブラックがスキャバーズを発見しようとしてグリフィンドール塔に侵入する

事件がことさら劇的なのも、こういう重要な相違のせいなのだ。スキャバーズ〔ロンが飼育しているねずみ〕が生じさせる大きな危険のせいで、これを捕らえるというこの上ない重大事こそが、シリウスをして、いつもならハリーを寮の中で苦しめているところなのに、この慣行を破棄させることを可能にしたのである。シリウスの使命がいかに深刻かということは、彼が無理に入り込もうとする際に、ナイフで太った婦人《レディー》の肖像画に切りつけるということで示されている。

グリフィンドール塔や、ほかの寮に付属しているもろもろの塔と同じく、病院の翼《そで》は生徒たちを黒魔術から保護するエリアである。寮の塔とは違って、病院の翼《そで》は大人たち（といっても、許可される前に入念に調べられた、一握りの選ばれた大人たちだけ）によって管理されている。ダンブルドア自身からして、そこで実行されている大魔術に対して強力な影響力を有しており、他方、治療法はそれに長《た》けた技術の持ち主で、寮母〔校医〕のマダム・ポンフリーの手中に握られている。深刻な魔術的な事件が大した困難もなく治されうるのであり、たとえば、『ハリー・ポッターと秘密の部屋』ではハーマイオニーが誤って、ミリセント・ブルストロードの髪の代わりに〔ブルストロードが飼っていた〕猫の毛をポリジュース薬の中に入れたために、自分の顔が黒い毛で覆われ、目は黄色に変わり、髪の毛の中から長い三角耳が突き出しているのを発見する場合がそれである。

だが、黒魔術はマダム・ポンフリーの応急処置を超えている。『ハリー・ポッターと秘密の部屋』において、まずフィルチの飼い猫ミセス・ノリスを、次にコリン・クリーヴィー、そして最後にハーマイオニーを襲う石化作用の呪いには、何か超特別なものを作り出すことが必要となっている。マンドレイクが収穫できるまで、マダム・ポンフリーにできることといえば、石にされた人たちをさらなる負傷から安全にしておくことだけである。彼女の魔術治療法は、黒い諸力の災いほど強力ではないからだ。

病院の翼《そで》が見込んでいるのは、ただ特殊な目的に向けられた魔術だけである。つまり、病院の翼《そで》はハリーとヴォルデモートとの間での思い上がった権力闘争で中心的役割を演じるよりもむしろ、治療したり回復したりすることを見込んでいるのである。

魔術を免れたグリフィンドール塔や、病院の翼《そで》の保護された環境とは対照的に、ダンブルドアの書斎はそれ自体がホグワーツ校の神秘の中にひどく隠されているから、ハリーはこの学校の第二学年になるまでそれがどこにあるのかさえ知らなかったほどなのだが、そこは同校の建物の他の部分に浸透している以上に深い魔術が存在するのである。ハリーはたったひとりダンブルドアの書斎に入り込む。そこは明らかに、ロンやハーマイオニーのような小魔法使いにとっても、魔法的な場所である。そこはダンブルドアとハリーとの間に存在する純粋な魔術の絆を反映しており、それだから、ハリーにとって格別な、しかも彼をしてヴォルデモートに抵抗するのに手助けとなるような情報をハリーが入手するのもそこにおいてなのだ。そこで彼はダンブルドアの不死鳥フォークス――ダンブルドアの魔法の杖とヴォルデモート卿の魔法の杖の芯に尾の羽毛を供した生物――に出会う。フォークスとの出会いはハリーにとってきわめて重要なのであって、以後フォークスは最初、秘密の部屋でバジリスクに対面して罠にかかったときには、ハリーを救出するのに重要な役を演じているし、また、『ハリー・ポッターと炎のゴブレット』において、ハリーが三校対抗杯試合の終わりにヴォルデモート卿から受けた傷の上にフォークスが治癒する涙を流すときにも、重要な役を演じている。さらに意味深いことには、『ハリー・ポッターと炎のゴブレット』では、ハリーはダンブルドアの研究室にしまい込まれた〈考えるこし器《ペンシーヴ》〉で、過去を振り返って見ることができるのだ。このペンシーヴのおかげで、ハリーはダンブルドアの考えや記憶を見ることが可能となり、したがって、過去についてのもろもろの事柄――現在を彼に理解させ始める手助けとなる事柄――を発見することが可能となるのである。

　少数の細々した部屋を除き、ホグワーツ校の建造物は目立つ場所にあり、塔、小塔、階段、廊下のいずれも堂々たる素材でできているにもかかわらず、ローリングにあっては、柔軟な一つの枠組みなのであり、プロットの展開で要求されるときには、彼女自らこの建物に新しい次元を気儘に付け加えることを可能にしている。秘密の通路とか、以前には未発見のままだった階段とかがやや雑然と付加されているのである。

魔法に満ちたホグワーツ校は、思いがけないことを現在において生起させうるばかりか、現在を過去と結びつけるのに中心的役割を有してもいる。物語が後続のすべての本の中で展開するにつれて、ローリングはハリーを過去に接近させたり、ハリーとヴォルデモート卿が善悪の闘いになぜ閉じ込められているのかの理由をいくつか露呈させたりすることによって、ハリーおよびその物語に深みをもたらしている。ジニー・ウィーズリー〔ロンの妹〕が秘密の部屋を開けるとき、ローリングはヴォルデモートが以前管理しようとしていた五〇年前の時代に物語を溯らせている。当時の出来事から、ハグリッドが現在この学校とどうやら不安定で、半ば超然とした関係にあるのに対して、ダンブルドアのほうは内面的な力や、性格評価や、人柄の良さで長期の評判を得ているのがなぜなのかの理由は説明がつくのである。

ホグワーツ校の核となっている魔法世界の通史と同じように重要なのは、ハリーをその両親に結びつけるのに演じているこの学校の中心的な役割である。『ハリー・ポッターと賢者の石』の中で、ハリーが明らかに偶然発見する〈みぞの鏡〉——ただし、後で明かるみにされるように、現実にはダンブルドアによって仕組まれていることが判明するのだが

——は、初めて両親を見ることをハリーに可能にする。ハリーの発達にとってより妨げにもなるがより重要でもあるのは、『ハリー・ポッターとアズカバンの囚人』における吸魂鬼たちの作用だ。吸魂鬼たちはハリーを絶望の淵に陥らせようとして、彼の両親がヴォルデモートによって殺害される前に発した声や言葉を彼の記憶からまざまざと無理矢理思い出させる。同書では、フレッドとジョージが、ハリーに「没収品・特に危険」と表示されたフィルチの書類棚の引き出しから盗み出した〈忍びの地図〉を与えている。

見たところ、古い羊皮紙の空白の一枚なのだが、ルール破りの生徒が杖で軽く触れながら、自分がよからぬことをたくらむ者だと言うと、地図が浮かび上がる。それの説明書きには、地図がムーニー、ウォームテール、パッドフット、プロングズの諸氏——先代の無法者たち——によって創られたとある。この〈忍びの地図〉は当初は学寮におけるほかのみんなの正確な位置が目印や細かい字で記されているという利点もあって、ハリーがこっそり一連の地下トンネルを通ってホグズミード村に入り込むのに役立つだけだったが、それ以上にはるかに大きな重要性をもつことが判明する。ハリーとシリウス・ブラックとの友情が進むにつれて、ハリーはムーニー、ウォームテール、パッドフット、プロングズの正体を突き止める。〈忍びの地図〉はハリーにさらに父親との接触をも供することになる。『ハリー・ポッターと炎のゴブレット』では、ムーディ先生のホグワーツ校就任がハリーに両親についてのもう一つの複雑な状況を与えている。闇の技術に対する防御の新しい教師として最初の授業の中で、ムーディ先生は呪いという、ハリーにも同級生にもこれまでひどく欠落していたかに見える魔法教育の領域を教える。三つの許されざる呪いの効果を示すことにより、ムーディ先生は撃退の方法はいうに及ばず、攻撃に対する警戒で生徒たちをしっかりと守ろうと望んでいる。呪いは蜘蛛で実演される。それぞれの蜘蛛で、ムーディはいかに影響が恐ろしいかを示すのであり、そして、アヴァダ・ケダヴラの呪いでは、死んだ蜘蛛を机から一掃してから、彼は静かに説明するのだ——呪いに対抗できるものは存在しないし、これまで生き残った者はたったひとりしか知られていないし、そのひとりこそこの教室の前にいる自分なのだ、と。

吸魂鬼《ディメンター》たちが打ち明けてくれたために、ハリーは両親がどうやって彼をヴォルデモートから守ろうとしたのかの一部始終を知ったのだが、しかし彼は両親がどのような死に方をしたのかを詳しく知りはしなかった。

過去とのこうしたいろいろの結びつきを通して、ハリーは人間的な立場では、ダーズリー一家から拒まれてきた感情的基盤を回復することができるのだが、他方、魔法的な立場では、ダーズリー一家はヴォルデモートに打ち勝つための長期に及ぶ行動でハリーが演ずべき役割や彼の運命を実行するために彼を助けることになる。

ローリングの語ったところによると、寄宿学校はアクションを可能にする時間を与えるがゆえに、寄宿学校という舞台は不可欠だったという。同様に、広大な校地を含むホグワーツ校の大規模な周辺——湖や、禁じられた森や、ハグリッドの家や、ホグズミード村——は、魔法世界を拡張しており、校外の相互作用への余地を与えているのだが、しかし現実へ向きを戻すには及ばないのである。

完全隔離が魔法的創意の華やかな繰り広がりを可能にしている。ホグワーツ校の建物でもそうだが、校地もシリーズを通して拡大され、美化されていく。『ハリー・ポッターと賢者の石』において、四つの城壁の外で起きていることは、ハグリッドの小屋への訪問、禁じられた森やクイディッチの実行および試合におけるシーンを除いて、はなはだ少ない。この本のほとんどはホグワーツ校以外では全然起きないのだから、野外場面を展開させることへのローリングの視野は、校地の記述に限られているのである。ここでは、全面に芝生で覆われたクイディッチ競技場を備えている寄宿学校は、この学寮の一面では正常さらしさを見せているが、他面では、禁じられた森が魔法的なタッチを添えている。

一つのコンセプトとしての〈禁じられた森〉は、ルイスの「ナルニア国ものがたり」、トールキンの「ミドル＝アース」、A・A・ミルンの「百エーカーの森」といった含みを有する。そこは深い魔力のしみ込んだ暗くて入り込めない空間である。学寮を保護も脅かしもする閉ざされた空間である。『ハリー・ポッターと賢者の石』ではそこの役割は限られている。ハリー、ネヴィル、ドラコ・マルフォイ、ハーマイオニーが、ハグリッドに導かれて、彼が一角獣《ユニコーン》を殺した何かの跡を追うという夜間の任務に出かけて一度だけそこに入ってみると、そこに匿《かく》まわれているのは、より伝統的な種類の魔法である。それは大仕掛けな劇的効果をもたせた場面として表わされており、最良の学寮魔法につきもののあの創意工夫を欠いている。この森の中でハリーを守ってくれ、彼にヴォルデモートが近くにいることを打ち明けてくれる、ロナン、ベイン、フィレンツェ、といったケンタウロスたちを記述する際、ローリングは違ったスタイルを採用しており、こういう被造物の由来元たるファンタジーの伝統に依拠している。ローリングが書いているほかの多くのものにはすっかりしみ込んでいるあのユーモアがないため、〈禁じられた森〉への当初の侵入は、やや重苦しくなっている。

シリーズが展開するにつれて、〈禁じられた森〉は学寮へのより良い付属物となり、ハリーとロンが『ハリー・ポッターと秘密の部屋』における蜘蛛たちの盲目のリーダー、アラゴグと出会うときのように、さまざまな動物魔術を許容する、自然な、野外舞台を供している。

この〈森〉と関連しているが、その外にあるのが〈暴れ柳〉である。当初はあまり重要性の目立たないこの〈暴れ柳〉が、トールキンのエンツ——「ミドル＝アース」での話したり歩いたりする木——を想起させる一節では、独自の性格を帯びている。『ハリー・ポッターと秘密の部屋』の冒頭で、飛ぶ車でホグワーツ校へ向かったハリーとロンの旅は、〈暴れ柳〉につかまり、車がひどくダメージを受ける。明らかにこの柳が意地悪い力を発揮したらしい。だが、明らかに挑発されないのに乱暴を働くこの〈暴れ柳〉の野蛮な行動が、『ハリー・ポッターとアズカバンの囚人』ではあまり恣意的ではなくなり、より建設的となっている。それは枝でもってハリー、ロン、ハーマイオニーの顔を激しく打ってなおも攻撃するのだが、そうする目的は、黒犬アニメーガス〔動物もどき〕がロンを木の根元に連れて行けることを保証することにある。この根元の下には、彼らを〈叫びの屋敷〉へ導く地下トンネルがあるのだと判明する。もちろん、〈暴れ柳〉は、月に一度狼に変わるという呪いに苦しめられたルーピンに、阻止されることなく——しかもこうして、誰かほかの者に危険を証明することなく——、〈叫びの丸太小屋〉へと安全に進めるようにする目的で特別に植えられたものだった。

〈禁じられた森〉や学校の校地の向こうにある魔法的な村ホグズミードは、『ハリー・ポッターとアズカバンの囚人』ではより大きな役割を果たしているとはいえ、『ハリー・ポッターと炎のゴブレット』に至って初めて、この校地がより詳しく探求され、以前の境界を優に超えて拡大されている。この第四巻までは、〈禁じられた森〉はさまざまないくつかの外部の場所の一つに過ぎないし、シェイクスピアの『真夏の夜の夢』において用いられているような語の役割――人びとが互いに場所を誤解し、出入する人によってそれが変えられ、観衆に混乱を生じさせる――を帯びている。

『ハリー・ポッターと炎のゴブレット』においてホグワーツ校の校地を拡大することは、ボーバトン校およびドゥルムシュトランク校からの二チームを宿泊させるためには必要なことなのだ。これらチームの到着は学寮物語の結束性や、ホグワーツ校の建物がそこで演じている中心的役割を弱めている。学寮という一空間の中で生活する全員に起因している緊張は、新参者たちによって消し去られることになる。その代わり、ローリングはふんだんに――ただし、ごく簡単に言及されているだけだが――二校のために別個の宿泊施設を創りだしている。大規模だが、色彩とスタイルではうまく女性らしい、ボーバトン用の移動式宿泊施設が、巨大な翼のある馬に引かれて、空中からホグワーツ校に到着する。他方、ドゥルムシュトランク校用の船が骸骨だけの幽霊のような姿で天国のマリアの出現のように湖の奥底から浮上してくる。これら二つの新たな定着物はホグワーツ校の校地に吸収されなければならないのだが、しかしそれらはホグワーツ校のどの生徒によっても話題にされないため、それらが大きいことは明白なのにもかかわらず、あまり現実味をともなわないままになっている。

三校対抗杯試合によって、ホグワーツ校の構内で三つの課題の解決を目ざして行われる活動は、魔法の屋外領域を拡大させている。たとえば、湖は当初は遊離した一つの特徴に過ぎず、ホグワーツ校を現実世界から引き離すもう一つのやり方である。ホグワーツ校の多くの通過儀礼の一つとして、新学年にはボートでこの湖を渡らねばならないのだ。ベアトリクス・ポターにおける、ふくろうを訪れるりすのナトキン〔『りすのナトキンのおはなし』（一九〇三年）〕を彷彿させるシーンだ。『ハリー・ポッターと炎のゴブレット』では、ドゥルムシュトランク校のボートに避難所を供するものとして湖が肉づけされており、しかもローリングに新しい被造物——とどのつまり気立てのよいマーピープルと意地悪なグリンデローたち——を創出することを可能にしたり、水中呼吸を助けるために丁字の雑草を用いるといった、新しい魔法の開発をも可能にしたりしている。

ハグリッドの幻獣小屋はハグリッド本人に見事に似合ったカリカチュアとなっている。この気高い野人の住む原始的な小屋はハグリッドの自然への近さと、深く根差した正直さとをともに反映している。ハグリッドは魔法の実行を禁止されたために——とはいえ、ハグリッドはこのルールをいつも守っているわけではないのだが、たいてい服従している——その小屋の中にはいかなる魔法も存在しない。自分自身の食べ物をさえ調理しなければならないのだが、しばしば危機一髪に近い結果に終わっている。ハグリッドの小屋では——大ホールにおけると同じく——食べ物は楽しみのためにつくられるのだ。だが、ハグリッドの巨大な皿やコップで出される食べられないケーキや強力な飲料は、大ホールで享受されている際限のない、よだれの出そうな食事とくっきり対照をなしている。

ハグリットの小屋における魔法の欠如は、ここをグリフィンドール塔のような、深い人間的情感のある場所たらしめている。ダンブルドアによってすっかり信用されているにもかかわらず、ハグリッド自身の魔法的経歴は変化に富んでいる。生徒だったときに、彼はホグワーツ校を追放されたのであり、そのために、彼はもはや魔法の杖を使うことが許されていないのだ。彼はアズカバンでは短期の刑に服してもいる。秘密の術に対する闘いに加わっていることははっきりしているのだが、ハグリッドはホグワーツ校の他の教師たちに比べてはるかに一次元的ではないし、そういうわけで、彼は不十分・絶望の感情といった、より人間的な情緒を感じたり表わしたりすることができるのである。ハグリッドの小屋では、ホグワーツ校のほかのところにはほとんどない、強い情感や正直さがあふれている。悲しみが粗雑に醸造されたビールにたっぷりつかっており、茶碗の中で元気が甦っている。それだから、ここでは魔法に対立するものとしての人間的なジレンマが解消されるか、少なくともぶちまけられる結果になっていても、驚くには当たらない。たとえば、

『ハリー・ポッターとアズカバンの囚人』ではハーマイオニーは彼女の勉強やロンおよびハリーの彼女に対する態度についての彼女のいろいろの感情をハグリッドと議論している。とりわけ友情問題に関しては、若者へのアドヴァイザーとしてのハグリッドの役割は、彼自身が明らかに人間関係では秀いでていないだけに、疑わしいとはいえ、彼の小屋はこれらの問題を議論することのできる、落ち着いた、非魔法的な場所となっているのである。

三校対抗杯試合での悲劇的な結末の後で、ハリーはロンとハーマイオニーに引かれて、ハグリッドの小屋に避難所を求める。ハグリッドは彼らを迎え入れるのであり、いつものように、彼の最初の救済法は食べ物と飲み物である。それから彼はヴォルデモートとの権力闘争についての彼の素朴な観察を差し示す。ハグリッドのホグワーツ校との長い付き合いが、彼により広い視野を授けているのだ。ヴォルデモートは常に戻ろうと試みているのだが、ダンブルドアの立派さのせいでいつもヴォルデモートは締め出されるだろうと説明することにより、ハグリッドはハリーを慰め、彼に将来への希望を与えてやることができる。

ハグリッドのダンブルドアへ寄せる、素朴にもすっかり入れ込んだ信頼は安心させるところがある。いろいろな口実や二枚舌使いを経験した後だけに、彼の平明な話し振りは一つの慰めとなる。彼の小屋は、ホグワーツ校の感情的・実際的なごたごたから離れた、安全な避難所としての特性をいろいろ備えていて、同校のその他のところに浸みわたっている大規模な魔法を考察してみるのに貴重な中心となっている。

ホグズミード村は虚構的なパブリックスクールにぴたり合致している。飲酒や買い物は『トム・ブラウンの学校生活』〔トマス・ヒューズ（一八二二―一八九六）が一八五七年発表した作品〕に直接端を発している。年少者には許されないどこかの場所という観念がこの村に禁じられた感じを付与し、かつそこを、成人したときに秘密が分かる場所、年若い生徒たちの享受しているつまらぬ類いのことよりも重要な秘密のある場所たらしめている。実際、そこは『ハリー・ポッターとアズカバンの囚人』において、ロンとハーマイオニーが第三学年のときにやっと訪ね、またハリーが許しを得ないのにやはりそこを訪ねるときに初めて、完全な形をとって現われるのである。それ以前は、『ハリー・ポッターと賢者の石』ではホグズミード村は、ハグリッドがずるい人物から不法に入手した龍《ドラゴン》の卵をノルウェー・リッジバックという種類のノーバートに孵《かえ》すときのように、魔法世界のあまり目立って健全的とは言えないような局面との接触を見込んでいる。完全に魔法的な村という観念が仄めかされてはいるのだが、ハリーが初めの物語ではそこを訪ねることを許されないために、その村の正確な力や可能性ははっきりしないままになっているのである。

ハリーがホグズミード村を訪ねることを許されるはずの最初の折には、彼はダーズリー一家からの許可書を所持していないため、訪問することを妨げられる。代わりに、ロンとハーマイオニーは出かけて行くのであり、そしてゾンコといういたずら専門店で売られているいる驚くべきいたずら道具の陳列、菓子専門店ハニーデュークスでの魔法菓子《ヌガー》、パブ「三本の箒《ほうき》」で売られている熱くて甘い泡立ったバタービールのことをハリーに話して聞かせるのである。ぱちぱちと火が燃えており、マダム・ロスメルタという魅力的なバーのホステスのいるこのパブの舞台は、英国の田舎のパブのレプリカだが、それはホグワーツ校の教師たちや生徒たちが互いに出会うための、まったく校外の共同区域を、ときには端的に、ときにはこっそりと供している。ハリーがとうとう、〈忍びの地図〉で判明したトンネルを通ってホグズミード村にたどり着くと、教師たちから見つからないように、テーブルの下に隠れなくてはならない。こうして、彼は両親のことや、両親とシリウス・ブラックとの学校時代の友情についての極めて重大な会話を漏れ聞くことができるのである。

シリーズが展開するにつれて、ローリングのいやます自信や創意工夫が存分に発揮されることになる。ホグズミード村への訪問が、『ハリー・ポッターとアズカバンの囚人』や『ハリー・ポッターと炎のゴブレット』を通してより頻繁になるからである。呉服店グラッドラッグズ・ウィザードウェアとか、魔法用具店ダーヴィッシュ・アンド・バングスのような新しい店が訪ねられることになる。

ホグズミード村は道楽と供応の場所なのだが、そこはまた、危険の場所でもある。なにしろここでの魔法は、ホグワーツ校がダンブルドアの大いなる魔法とか、その建物の中に深くしみ込んだ魔法によってコントロールされているのと同じ程度には、コントロールされていないからだ。ホグズミード村はそのなかに秘む深い魔法のゆえに、（ダイアゴン横町の居住者たちやそこへの訪問者たちのように出くわすこともあるとはいえ）ホグワーツ校では見かけない極端な幽霊の出現をも含めて、ありとあらゆる魔法的な人物たちを引きつけている。ホグワーツ校の生徒たちはホグズミード村に行くことによって、より広い魔法世界へ誘われるのである。ハーマイオニーは最初の訪問の後で、彼女がそこで或る人食い鬼を見かけたと思う、とショックや畏《おそ》れを交えながら、ハリーに報告している。ホグズミード村そのものは〝豚の牧草地〟を意味し、〈穢れた血〉を含んでいるにもかかわらず、「英国で唯一の全員が魔法使いの村」なのであり、したがって、魔女や死肉を食う悪鬼はあたりまえのことなのだ。

ホグズミード村はまた、シリウス・ブラックがアズカバンを脱走した後で彼に避難所を供してもいる。英国でもっとも呪われた建物と思われている〈叫びの屋敷〉の中に潜伏しながら、ブラックは犬に変装して、魔法使いの世界の中で――しかも吸魂鬼《ディメンター》たちから隠れて――生き延びることができる。『ハリー・ポッターと炎のゴブレット』においては、彼はホグズミード村の郊外の洞穴に戻って暮らしている。このことは彼にハリーとうまく出会うことを可能にしており、そして、ハリーの両親との関係や、彼らの死における役割についての話を正確にすることを可能にもしている。

自らの大規模な魔法世界をもって、ローリングは伝統的な学寮物語に含まれうるより以上のものを創造したのである。この学寮は、馴染みの教職員－生徒の階層や、慣習的な行動規範を備えていて、手近なユーモア源や、はなはだ安堵させるような感情の安全な避難所を両方とも供している。外界を創出したために、物語の視界や、作中人物の範囲や、ありうるべきリスクが増大しているのである。

ローリングによるこれらの開拓は、シリーズの各物語とともに押し進められていく。ハリー自身の視界が学寮を超えて大きくなるにつれて、それが必然となるからである。

5　逃避と離別

ルイス・キャロルの『不思議の国のアリス』(一八九五年)は多くの理由で注目に値いする。キャロルはその中で、ナンセンスな論理によって創りだされ支配されたルールの下に行動する幻想的なキャストの揃った一つの幻想世界を考案したのだった。こうする際に、彼は子供たちのための物語における成分として、現実逃避とファンタジーをともに導入したのだが、これらの両方の概念は後にE・ネズビットの『ひとりよがりの品物』(一九〇一年)、ベアトリクス・ポターの『ピーターラビットのおはなし』(一九〇二年)、J・M・バリの『ピーター・パン』(一九〇四年)、ケネス・グレアムの『たのしい川べ』(一九〇八年)によって採り上げられ、五〇年間以上にわたり目ざましい成功を収めてきた。これらの概念の間で、こうしたタイトルが新しい種類の児童書を確立したのである。このことは、教訓的であるべしという、児童書の初期の目的に取って代わったし、その代わりに、児童たちに夢想したり探求したりする能力を供することを児童書に可能にしたのだった。

アリスの不思議の国の冒険のファンタジーがうまくゆくためには、アリスの日常世界とははっきり区別された、異なる世界でそれが行われる必要があった。アリスは兎の穴に落ちることにより、彼女自身の環境から引き離されたのだった。

物語の中の或る子供が別世界へ移されうるという考えは——もちろん、チャールズ・キングズレーの『水の子』(一八六三年)におけるような、来世の類いの世界へ移されるものは除く——児童書では新しかったし、それは、日常のルールや規制からの分離が物語の成功にとって不可欠な要素となっている、別種の児童物語を招来するに至ったのである。

フランシス・ホジソン・バーネットの『秘密の花園』(一九一一年)においてメアリが愛することを学び、コリンが散歩することを学ぶ、塀のある庭の中のように、ときには文字通りに、また、アリスが兎の穴に落ちるときの彼女にとってのように、ときには隠喩的にではあるが、ひとたび確立されればこうした異なる世界は想像しがたいような自由を可能にする。こういう自由は、成長するのに不可欠な、既知のものから未知なものへの移行を、読者たちに可能にするのである。

フィクションにおける現実逃避の目的や結果は多様である。ウィリアム・ゴールディングの『蝿《はえ》の王』(一九五四年)におけるように、地理的な遊離は、未開拓の人跡未踏の孤島そのもの——外からの干渉から遠く離れていることは言うまでもない——に、少年たちから破滅的結果をともなう学習の拘束を取り去ることを可能にしている。フィリッパ・ピアスの『トムは真夜中の庭で』（一九五八年）では、トムとハッティとの距離は時間のそれである。トムが庭の中に入るとき、物理的にはほとんど同じでも、それは異なる時間に行われるのだ。トムはハッティの時間に後退するのである。だが、ハッティはトムの夜中の訪問の間に老いるのに対して、トム自身の時間は不変のままだ。トムにとっては、老いるということは時系列的な年というよりもむしろ、感情的発達の観点での話なのである。

自給自足の世界がうまく存続するためには、通常、いくつかの物理的境界の中に束縛されているものである。二つの世界が結びつき、相関しているところでは、通路がなくてはならないし、逃避――旅――の過程が物語の重要部分となりうる。両世界がともに現実的である場合には、接近の方法は物語の雰囲気を反映する。『蝿の王』では、大人たちが全員殺される残酷な飛行機の墜落事故が、その後の破壊的行動にとっての適切にも激烈な出現となっている。『トムは真夜中の庭で』にあっては、施錠したドアも、錠前の中にすでに挿し込まれている鍵でトムがやすやすと開けるのだが、このドアはハッティの世界の近さや、トムの異なる時間への気楽な接近を反映しているのである。

魔法世界への入場の方法をうまく考え出すことは、雰囲気をはっきりさせたり、移行を好ましく、なるほどと思わせたりするのも等しく重要である。C・S・ルイスの『ライオンと魔女』では、ピーター、スーザン、エドモンド、ルーシーにとってナルニア国への接近は洋服だんすによってなのだが、他方、E・ネズビットの『火の鳥と魔法のじゅうたん』(一九〇四年)では、ロバート、アンセア、ジェーン、シリルは冒険のために魔法のじゅうたんで出発し、お互いどうしがそれぞれの家庭に無事に戻っている。両者とも、はなはだ家庭的なオリジナルな舞台設定を反映しており、地味な家具を用いて輸送手段の役を引き受けさせている。『ピーター・パン』におけるジョンとマイケルもはなはだ気楽で家庭的な舞台設定から出発しているのだが、彼らが寝室から夜に飛行するのは、ちょうど彼らがピーター・パンによって彼が魔法をかけたネヴァーランドへと連れ去られるのと同じように、何となく誘拐のニュアンスを含んでいる。

こうした人間に基礎を置くファンタジーにあっては、新世界も現実に隣接している。子供たちは一つの世界から他の世界へとスリップすることができるのであり、したがって、両方の世界の中で納得して存続することができるに違いないのだ。これはJ・R・R・トールキンによって創造された全体——当初は『ホビットの冒険』(一九三七年)において、その後は『指輪物語』三部作(一九五四—一九五五年)やそれの補足的作品『シルマリルの物語』(一九七七年)において現われた、ミドル＝アース——とははるかに隔たった、一種のファンタジーなのである。

ルイスやネズビットにおける子供たちと同じく、ハリー・ポッターとその友だちも一つの世界から他の世界へと運ばれねばならない。ローリングの現実世界と魔法世界とは、相互に密接に織り合わされており、魔法のエリアは完全に切り離された世界というよりも、何らかの魔法に取り巻かれた、保護された地帯に似ているし、しかも二つの世界の間の動きは両様なのだ。中心的な移動はハリーにとっては、彼の忌み嫌うダーズリー一家と一緒の家庭から、魔法世界での彼の真の遺産たる自由を享受できるホグワーツ校への移行であるのに対して、魔術的・魔性的人物たちは人間界で行動することができ、そこに浸透することができるのである――ちょうどネズビットの『砂の妖精』（一九〇二年）で、砂の妖精サミアドが寝室の中にやってくることができるように。しかしながら、『魔術師のおい』〔ルイスの「ナルニア国ものがたり」第六巻（一九五五年）〕においてロンドンへの女魔法使いの短い意外な訪問からは切り離されている、ナルニア国――自給自足を主としている――とは対照的である。

　ローリングは彼女の二つの世界の間の出入りに幾多の方法を用いており、これにさまざまな成功度を持たせている。彼女以前の人びとと同じく、さまざまな障害を乗り超えたり、違った交通手段を用いたりといった考えを採り入れて、ほかの場所への旅を遂行している。こういう考えが、ハリーの住んでいる世界と、彼が入ろうとしているホグワーツ校という閉ざされた世界、またはその魔法的環境との空間を区切っている。

洋服だんすとかじゅうたんのような、家庭的もしくはまったく日常的ではあるが、ローリングの主な入場地点――キングズ・クロス駅のプラットフォーム、9¾番線――は非現実的なことがはっきりしているとはいえ、それでも現代の鉄道の駅にしっかり根ざしている。内密の家庭の室内の接近点というよりも、それが公共の場所であるということが、冒頭からより社会的で、そこをあまり個人的ではないファンタジーたらしめている。ハリー・ポッターの物語には、自分だけの世界に耽る夢みる子供という感じは皆無である。

キングズ・クロス駅のプラットフォーム、9番線と10番線との間の柵を通ってさりげなく割り込むことは、魔法世界への機知に富んだ入場なのである。それは注意深く行われねばならない。いつものキングズ・クロス駅に残されている日常の公衆たちへの影響を回避するためである。飛行機のようなより速い集団輸送機関か、車のようなより個人化された輸送機関かのいずれかが標準となっているような時代には、ファンタジーの輸送機関としての汽車旅行は、ネズビットの魔法のじゅうたんと比べて確かに現代的であるが、また歴史的な響きも帯びている。ローリングの汽車旅行はひとたび柵を超えるや、より無時間的となるのだ。ボグワーツ行き急行列車は、過去の列車さながらに、蒸気力によっており、生徒たちを長旅に連れ出すのであり、このことから、たとえその構造や価値が旧式であるにもかかわらず、生徒たちを時間的にも遡らせることが可能となるのである。

「ハリー・ポッター」シリーズを通して、ローリングはハリーの住む二つの世界の間を移動するさまざまな仕方を付加し続けている。はじめの四巻全体では、ホグワーツ校そのものへの主要アクセスは常にホグワーツ行き急行列車と決まっているのに対して、『ハリー・ポッターと秘密の部屋』の冒頭でドビーにより障害が勝手にいじられてからは、ハリーとロンが通り抜けに完全に失敗するときのように、予言不能な事態や変更が十分に採り入れられていて、そのアクセスを新鮮にしている。

ハリーの真の本性と運命についての不可欠な情報を付随的に供しているのは、各タイトルの冒頭の場面設定——たとえば、『ハリー・ポッターと賢者の石』では、彼が蛇語《パーセルタング》を話せるということの暴露や、彼の注目すべき生き残り、また『ハリー・ポッターとアズカバンの囚人』では、（シリウス・ブラックだと判明することになる）大犬グリムの目撃——である。だが、これら書物において今や馴染みの安全な核心領域たるホグワーツ校の開始を特色づけているのは、キングズ・クロス駅での魔法的な柵を横断する瞬間なのである。〈9¾番線〉ホームを切り離している柵は、公共の場所にありながらも、私的な魔法世界へ通じているものであり、それは二つの世界をはっきり区分している。ウィーズリー夫妻は彼ら自身が魔法世界を充満させていて、ちょうどネヴィル・ロングボトムの優れた魔女のおばもできるのと同じように、やって来て、プラットホームから「さようなら」を言うことができる。ハーマイオニーのマグルで歯医者の両親は、彼女に柵の所で「さようなら」を言わなくてはならない。

このプラットフォームは意識しない人びとには見えない。ヴァーノン伯父さんが『ハリー・ポッターと賢者の石』において始発のホグワーツ行き急行に乗るためにハリーをキングズ・クロス駅に連れて行くとき、このことはそのようなプラットフォームの存在そのものを彼があらかじめ無視していることの表われなのだ。ハリーが大いに驚いたことに、ヴァーノン伯父さんはハリー自身にやらせる代わりに、自分でトランクを手押し車に乗せて、駅まで運んだことだった。そこに到着してみて、ハリーはなぜなのかをすぐに悟る。9番線ホームと10番線ホームとの間に立ち止まりながら、ヴァーノン伯父さんは〈9¾番線〉のないことを指摘する。それからハリーは放置されたために、そのプラットフォームを自分で見つけださねばならなくなる。ダーズリー一家はハリーの別居生活という考えに猛反対しているため、ホグワーツ校を覆っている秘密からすっかり排除されている。ハリーがどこから行くべきかが分かるのも、彼がウィーズリー夫人をプラットホームで見つけたとき、彼女に尋ねることによってなのだ。こういうことに老練なウィーズリー夫人は、立ち止まったり怖がったりしないで真っ直ぐに柵のほうへ歩いて行く術を説明してやるのである。彼女は、ハリーが不安であれば、確かめるために柵へと歩いて行くことをアドヴァイスさえしている。この助言に従って、ハリーは恐れながらも、手押し車と一緒に柵に突撃すると、成功したのだった。

はっきりした物理的な柵の背後にあるプラットホームでは、現実的なものと空想的なものとが同じように混じり合った輸送手段が待機している。ホグワーツ特急を引っ張るぴかぴかの赤い蒸気機関は、他のプラットホームではっきりと見られる現代の125Sとは対照的だ。持ち物を客車に積み込んだり、両親に別れを告げたりといったことは、現実であれ虚構であれ、両親たちがしっかり勉強し品行方正を守るように有用な助言をいくつかしている、あらゆる就学列車をしのばせるものである。生徒たちがまったく違った種類の学校へ行くということの唯一の徴《しるし》は、多数のふくろうとか他の動物たちの現前である。この列車そのものは別に例外的というわけではないのだが、すぐに判明してくることは、ホグワーツ校の生徒たち――および『ハリー・ポッターとアズカバンの囚人』では闇の魔術の教師に対しての防衛としての自らの地位を占めるために生徒たちと一緒にルーピン先生が旅するときの職員――は非日常的な列車に乗っているのであり、彼らは車内販売の手押し車からパーティー・ボッツの百味ビーンズとか、大鍋ケーキを買う破目になるということである。ここでは、ほかの多くの場所におけるのと同じく、ローリングが馴染みの平凡な外部世界を魔法的で異常な何かに少しばかり適合させたために、彼女の創意工夫が目立つ一方、その根底が確実なことを保証してくれてもいる。

キングズ・クロス駅からホグワーツ校への列車の旅は距離的にも時間的にも長旅である。この列車は二つの世界にまたがる。それぞれの旅はハリーにその非魔法的な自己を払いのけて、別世界と再一体化することを可能にする。この旅はハリーもその同時代人たちも限られた空間の中に収容されたまま、一日の最良部分を占めている。このことは、マルフォイやその悪友たちとの直接の敵対関係はいうまでもなく、ハリーとロンとの間の急速な友情関係の成立をも可能にする。だが、この列車は強力な魔法とか強力な学校規則とかに縛られてはいない。ハリーはホグワーツ校に到着してからに比べて、列車の中ではあまり護られていないのである。彼が吸魂鬼《ディメンター》たちから傷つけられやすいことを初めて発見するのは、『ハリー・ポッターとアズカバンの囚人』の冒頭で、ホグワーツ校に戻る旅においてである。校長ダンブルドアの強硬な要求により同校から締め出されたとはいえ、吸魂鬼《ディメンター》たちは列車に乗り込み、ストップさせてから、これを闇の中へ追いやるのだった。

ハリーが最初に吸魂鬼《ディメンター》を瞥見したのは、ルーピン先生が差し出したゆらめく明かりの中でのことだった。一瞬にして無気味で怖じけさせるものがあった。のっぽで、ほとんど天井に届かんばかりであり、その顔たるや途方もないフードで覆われており、その胴体は外套で包まれていた。最初にハリーをぞっとさせたのは、外套の下にふと見えた、かさぶたができた片手を一瞥したからである。だが、吸魂鬼《ディメンター》の息がまるで周囲から空気以上のものを吸い込むかのように、がたがたと音を立て始めたとき、もっと悪いことが続く。ハリーは耳の中がうなり声で満たされながら、氷のような寒さに溺れてしまうのを感じながらも、そのなかで彼には助ける力もないのだが、誰かの怯えて哀訴している叫び声を聞くのだった。

ローリングは列車を混成領域として巧みに用いている。それはダーズリー一家から逃避するハリーの好ましい手段なのだが、しかしまた、それは魔法世界においてハリーが傷つけられやすいことをも暴露しているし、ハリーがどれほどダンブルドアによって護られているかということを示してもいるのである。このことは、身体的にも感情的にも安全な避難所としてのホグワーツ校の役割を確証しているのだ。

魔法使いやマグルの世界と、魔法使いの世界自体の内部との間を移動する、そのほかの方法は、夜の騎士《ナイト》バス以外には、あまり重要でない。事件の起きる場所やその起き方が感情的にあまり興味深くないからだ。とはいえ、それらはローリングに創意工夫のための機会や、プロットにとって重要となるいろいろの仕掛けを導入するための機会を与えている。

これは一つには、ローリングが二つの世界の間の入口地点をぼやけさせているからである。魔法の区域を残余の区域から切り離す明白な関所は存在しないのである。

そのかわり、彼女は自らつくり出した諸世界を重なり合わせており、その結果として、魔法使いの住む世界とマグルの住む世界との間の同定および区別という問題を生じさせている。魔法使いは現実世界を自由に移動することができるが、逆にマグルは魔法世界に接近することができないのだ。けれども、こういう明らかにきちんとしたルールさえ、必ずしも当てはまるとは限らない。『ハリー・ポッターと炎のゴブレット』においては、クィディッチ世界選手権でまったくの混乱がみなぎっていて、現実と魔法とが同時に同所で共存しているのである。ひどくさびれ果てた荒れ野を、一〇万の魔法使いたちの出会える秘密の場所にしようとして、できるだけ多くの反マグル的な用心をもってしつらえてきたのだということについての、ウィーズリー〔ロンの父親〕の説明を通して、ローリングはこういう規模の囲い地をうまく成就するのが難事なのだということを示唆しているのだ。魔法使いとマグルとが混じり合うことは、ロバーツ一家が〈死食人《デス・イーター》〉たちを空中浮揚させて恥をかかせるときの、後者の悪行振りや有害な人種差別感を例証するのには必要だが、しかし、マグルたちに事件を記憶するのを妨げる一つの方法として、〝記憶修正〟を頻用したことは、不満足な逃避条項と化している。

明確化の欠如はウィーズリーの家庭にもつきまとっている。ホグワーツ校同様、あらゆる点でプリヴェット通りの正反対であって、そこはハリーにとって感情上の隠れ家を供している。だが、この学寮とは違って、そこは魔法世界の中には置かれていないし、そこはたんにうっとりするような庭園つきの家に過ぎない。魔法的な庭小人たちだらけの庭や、クイディッチ練習用の隠れた区域を備えていて、内外ともに魔法に満ちてはいるが、そこへは普通のタクシーを使って到達できるのであり、それはホグワーツ校の生徒たちが新学期が始まるとキングズ・クロス駅に行くときにいつもやっていることである。そこは、クイディッチ・カップ争奪戦に出掛ける者たちが全員輸送の関門(ポートキー)を発見するために出発するときのように、普通の田園地帯に位置している。

ローリングは、二つの世界の間のぼやけた関門の問題をとりわけ輸送方法では、いくつか独創的な創案の創出によってもっぱら克服している。時間とか場所とかの明白な区別を首尾一貫して論理的に下支えすることをしていないため、それらの成功はローリングの発明能力や想像能力に委ねられているのである。

ハリーのダーズリー一家との感情的苦境をはっきりさせるため、『ハリー・ポッターと秘密の部屋』の冒頭でのプリヴェット通りにおける彼の窮状からの救出は、寝室の窓の下枠からヴァーノン伯父さんの魔手を逃がれたところを、ロン、フレッド、ジョージが彼らの父の車で飛んで来て、さっと捕かまえることで達成されている。『ハリー・ポッターとアズカバンの囚人』の冒頭で、プリヴェット通りのディナー・パーティの大失敗から彼が走り去るときは、ナイト（夜の騎士）バスによって拾われている。両方とも夜に起きているし、このことから、二つの世界がつながったり分かれたりしている場所が正確にはどこなのかという質問をローリングに求めたいところである。フレッドとジョージは、闇や雲が自分たちを人びとの目に見えなくするのだろうと主張しているし、またロンとハリーは『ハリー・ポッターと秘密の部屋』において、彼らがホグワーツ校へ飛ぶとき、同じ方法を採用しているのだが、しかし彼らは人間たちから見られているのであって、ウィーズリー氏（ロンの父）は人びとに飛ぶ車を見たことを忘れさせるために、魔法省のテクニックをいくつか採用しなくてはならなくなっている。

ウィーズリー氏の青緑色のフォード・アングリアは、イアン・フレミング（一九〇八—一九六四年）の有名な飛行する車、チッティ・チッティ・バン・バンとか、幾多のアニメ模倣者たちの愉快な開発ぐらいでしかないが、他方ナイト（夜の騎士）バスは、そのだじゃれ的な称号から、その雑談好きな運転手や車掌に至るまで、魅力的にふくらみのある、独創的な創案である。夜間の旅をすることにより、マグルに知られるという問題は生じないことがより説得的となるように思われるし、このことはローリングをして、樹木、街灯の柱、建物すらもがバスの道の外で動き出すといった、創意に満ちた、度外れの類いの魔法に耽ることを可能にしている。ホグワーツ特急と同じく、三階つきのバスは、見慣れた原物を魔法的に改作したものである。それのもつ滑稽な追加物——真鍮のベッドの骨組み、枕の上一面に流れ出るココア、英国全土に及ぶとっぴな跳びはねるルート——、これらは『ハリー・ポッターとアズカバンの囚人』において、ローリングの装飾する自由や筆致《タッチ》の確かさが増大したことの反映である。ハリーをダーズリー一家のもとでの抑圧された絶望的生活から、ダイアゴン横町においての魔法省大臣本人による、虐待なしの歓迎へと導く、このバス旅行そのものは、ホグワーツ特急での学寮へ戻る毎回の旅のようである。まさに二つの世界どうしの貴重な空間をなしている。自分の正体がみんなに知れわたっているホグワーツ校におけるのとは違って、ナイト（夜の騎士）バスでは、彼は友人ネヴィル・ロングボトムになりすますのであり、こうすることによって、自分の運命に結びついた注目を引くことなしに、自分に重要なものごとを見いだす異例な機会をもつことになるのだ。ここで初めて、ハリーはシリウス・ブラックがアズカバンを脱出したことを見破り、また、なぜ彼が逮捕・監禁されたのかについての流布している話を聞き知るのである。

物語がより複雑かつより野心的になるにつれて、ローリングの眺望は拡大してきているし、相互作用への必要も増大したのだった。毎学年という形がアーチ状の時間枠を供しており、この学校の社会階層が中心脈絡になっているとはいえ、ローリングはこの狭い限界を超えたところへ向かっているのである。

けれども、ハリーの不幸な生活という中心的な感情の中核が、ホグワーツ校での生活という幸福と並置されるために、もしくは、彼の魔法の力が十分に増大して、ダーズリー一家での低い身分とは対照的に自分の運命を遂行するためには、二つの世界の切り離しがやはり不可欠なのである。ローリングは新しい登場人物を追加させることにより、ホグワーツ校の境界を物理的、心情的に大部分うまく拡大した反面、ダーズリー一家を冷やかすための余地は限られたままであるし、そして、この一家からのハリーへの束縛はますます説得力を欠くことになっていくであろう。

シリーズの初めの三巻では、ハリーはダーズリー一家から逃がれてホグワーツ校へと自身で旅しており、ダーズリー一家を魔法世界のいざこざにあまりかかわり合わせる必要もない。『ハリー・ポッターと賢者の石』の冒頭で、ハグリッドがハリーをホグワーツ校に入れるため「海の上、岩の上の小屋」に突然到着したり、『ハリー・ポッターと秘密の部屋』においてハリーの寝室の窓の外で飛ぶ車の中にウィーズリー家の兄弟がただよっている不快な眺めが現われたりしているが、これは別世界からの誰かとの彼らの唯一の直接の接触なのだ。

ところが第四作『ハリー・ポッターと炎のゴブレット』では、ハリーの魔法生活の状態は一変する。彼はもはや夜中に逃亡するのではなく、明らかに普通の、社交的な訪問様式でウィーズリー一家によって連れて行かれることになる。だが、日常へのこういう魔法の侵入には、彼の以前の旅の過渡的な完全さが欠如しているし、それに、いかなる明確な関所もないということは、ハリーの暮らす二つの生活どうしの相違のインパクトを減じてもいる。

『ハリー・ポッターと秘密の部屋』では、魔法世界の人びとを自由に煙突の網状組織を通って旅させる魔法の塵、煙突飛行粉《フルーパウダー》が比較的にうまく働いているのに対して、ウィーズリー一家はハリーを招いて、魔法世界の内部で、彼らの家庭から魔法の商店街ダイアゴン横町へと移動させている。ところが、『ハリー・ポッターと炎のゴブレット』では、ウィーズリー一家がプリヴェット通り四番地に到着して、ハリーを家《うち》から連れ出し、クイディッチ・カップ争奪戦へ赴くときには、それはあまりうまく機能していない。ウィーズリー氏が自分はプリヴェット通り四番地をフルーパウダーの網状組織に加えたと言明することで輸送上は正当化されるとはいえ、魔法使いとマグルとが互いに対面する以上、依然としてそれは不快な茶番に寄与しているだけである。ウィーズリー一家がダーズリー一家の居間でまき起こすカオスの旋風は、この不明確な関所の象徴である。つながりの論理ないし精密さを欠くために、相方の出会いが魔法的創意というよりも、どたばた喜劇やコメディーの一つと化している。

『ハリー・ポッターと炎のゴブレット』になると、前の三作以上に範囲でははるかに野心的になり、ローリングは異世界どうしの間にクロスオーヴァーの混乱を付加することによって、いろいろと成功を収めている。切り離しがよりはっきりすればするほど、それを可能にする旅はそれだけより成功するのである。ひとつには、ウィーズリー家の家庭が存在する世界の性質が決してはっきりと明示されないために、何千という魔法使いたちがクイディッチ・カップ争奪戦にやってくるのに通るための輸送の鍵はほとんど成功を収めていない。マグルの世界内で注意を引くことを意図していないため、これらの鍵はウィーズリー家、ハリー、ハーマイオニーが使用している、ストーツヘッド・ヒルの上に放置された古いボートみたいに、些細な対象の形をとっているのである。

旅をするべき明白な乗り物がないから、こういう形の集団旅行が全面的に頼りとしているのは、失踪という単純な行動なのである。両手を結び合わせ、ウィーズリー氏が三人のために用意した旧いボートにつかまりながら、ハリーはへその後ろに痙攣を覚えるのだが、その後は両足が地面にどしんと着くまで何ごともなかった。それと分かる現実の中に基盤があるわけではないから、このことは、ほかのいろいろな魔法的な移動方法の魅力を欠いている。だが、『ハリー・ポッターと炎のゴブレット』の込み入ったプロットの内部においてさえ、しっかりと魔法をコントロールしていたローリングは、はるかに大きな目的のために輸送の鍵を創出したのであり、そして、あちこち旅するための明らかに馴染みの手段としてそれを確立することにより、彼女はそれが実際に必要な場合には確信をもってそれを用いることができるのである。ハリーは次回、まったく異なる旅の日に、知らず知らずのうちに、輸送の鍵に触れてしまう。またしても、三人のことを考えた後で、ハリーはへそのちょうど下に痙攣《けいれん》を覚える。それはハリーとセドリックが、二人の間で勝利の名誉を共有するために選ばれて、三校対抗杯の取っ手をつかもうとしているときだった。今度も、ハリーが両足が地面にどすんと届くのを感じるとき、彼は以前に行ったことのない場所にいた。そして、ヴォルデモートと顔をつき合わせることになる。現実世界の或る場所から出発するのにもかかわらず、クイディッチ・カップ争奪戦へ魔法使いたちを運ぶのに用いられるときは、この輸送の鍵は麈法使いたちを彼ら自身の世界の中につなぎ止めるのである。

輸送の鍵によるウィーズリー家や他の人びととの集団移動に比べると、個々人の〝アパレート〔ある地点から他の地点へとワープ速度で移動すること〕したり〟、〝消失したり〟する魔法経験ははるかに単純かつはるかに不可思議である。ひとつには、そこには、それは人が十七歳になりしかも試験《テスト》に受かったときに初めてすることのできる何かであるとの考えが内在しているからだ。より年上のティーンエージャーたちに、自らの力で旅行することのできる、まさしく同じ自由を授ける馴染みの運転免許試験の、典型的なローリング版である。ローリングはこの種の魔法的異形に慣れているし、彼女がそれを別の世界の構造の中に織り込むことに慣れているということは、失敗しかねないことについての蛇足的な細部に反映している。『ハリー・ポッターと炎のゴブレット』においては、ウィーズリー氏は若いカップルが最初に試験に合格せず、免許も取らずに〝出現〟して、〝木っ端微塵〟になるという哀れな結果に終わった、短い話を語っている。

ローリングの言葉の面でのユーモアがここでは歴然としているし、彼女は語りにおいて、先に言及されたが決して明確にはされなかった。魔法的移動の方法を打ち立てているのだ。これはローリングが書物から書物へと、いろいろのアイデアを肉づけしたり潤色したりする多くの例のうちの一つである。『ハリー・ポッターとアズカバンの囚人』では、シリウス・ブラックがいかにしてホグワーツ校へ押し入ったかを論じる際に、ハーマイオニーは『ホグワーツ小史』を多読していて知識があったために、彼は変装するか、またはどうやって〝アパレートする〟かのすべを知ることにより、吸魂鬼《ディメンター》たちをやり過ごしたのかも知れないとの提言を嘲《あざ》けっている。彼女の指摘によれば、城は魔法によっても壁によっても守られており、これらが〝アパレート〟といった不規則なやり方で人びとが入り込むのを阻止しているのである。以前と同じく、良きルールが魔法の力を高めているのであり、ローリングは魔法の力がでたらめとか恣意勝手にならないように、注意を怠ってはいないのである。

『ハリー・ポッターとアズカバンの囚人』では、四巻を通じて一度だけ、ローリングは時間の切り離しを用いている。からくりとしては、それは場所の代わりに時間によって切り離された世界において人びとが行動することを可能にするには有用である。輸送の鍵の場合におけるのと同じように、ローリングは注意深く時間が推移するように定めている。ハーマイオニーに逆転時計《タイムターナー》が魔法省大臣によって与えられるのは、彼女がそれを勉強のためだけに用いるだろうとマクゴナガル先生が請け合ったからである。そのために彼女はマグルの勉強や占いにおいても、他のあらゆる科目においても、うまく適した二重の時刻表を採用することが可能となるのだが、こういう策略は彼女のがり勉的傾向と完全に調和するものなのだ。この立派だが、いささか嘆かわしいトリックが、歩行者の目的には用いられうる仕掛けとして、限られた時間の旅を固めているのである。ひとたび固定されると、それは以後、同じ本の中で貴重この上ない目的として役立つのである――ハーマイオニーがダンブルドアに教えられたとおり、魔法の砂時計をハリーの首の周りに吊るすときに。すると、ハリーはとても速く後方に飛んでいるのを感じるのだ。ハリーもハーマイオニーももろともに、自分らの過去三時間をまざまざと思い出すのであり、こうして物語が書き直されることを可能にする。つまり、バックビーク〔ヒッポグリフ〕は死刑執行人から逃げるし、シリウス・ブラックとバックビークは城から飛び去り、追跡者たちから逃がれることになる。もっと重要なことは、それがハリーに対して、吸魂鬼《ディメンター》たちをハリーから追い払う強力な守護霊《パトローナス》が、父によって創られるのではなくて、ハリー本人によって創られるのだということを理解させることである。ローリングがこういう時間の移動を注意深くコントロールしていることは、このように聰明に構想され実行された構造によって十分に証明されるのである。

6　社会

寄宿学校なる舞台の因習性や古めかしさが、一様に健全でかつ道徳的にも逞しいシリーズにとって一つの枠組みを供している。J・K・ローリングとその「ハリー・ポッター」物語は、魔女たちや魔法への不健全な関心を促すとの理由で、合衆国におけるいくつかの原理主義の宗派の会員たちによって糾弾されてきたし、同じ理由で英国でも或る教会によって小学校では禁止さえされてきたが、真実ははなはだ異なる。ローリングが書いたシリーズは深く人間的なものなのであって、あらゆる人びとへの真の温かみにあふれている。実はもっとも因習的なモラルに基づいた作品なのだ。生活の外的な細部を覆しながらも、彼女ははなはだ明確な道徳コードをもっている。このコードは、家庭的脈絡では家族の諸価値を擁護している（愛すべき、ウィーズリーの大家族は見事にしつけられていて、元気に満ちかつふざけるのが好きだとはいえ、子供たちは重要な事柄では両親に服従している）し、また、秩序と規制に基づくルールや階層制を備えた、社会の諸価値を擁護してもいるのである。

ローリングが行っている社会の価値についての主張は強烈だ。C・S・ルイスの「ナルニア国ものがたり」シリーズ、スーザン・クーパーの「闇の戦い」五部作（一九六五―一九七七年）、アラン・ガーナーの『エリダー』（一九六五年）、そしてより最近ではフィリップ・プルマンの「ダーク・マテリアル」三部作〈邦訳は「ライラの冒険」シリーズ〉（一九九六―二〇〇〇年）といった、他の主要ファンタジーにおけるのと同じように、葛藤は善悪の対立する力どうしの間で行われている。ハリーは啓蒙の力の代表であるし、他方、ヴォルデモートは拷問、とりわけ精神的拷問や圧迫という暗い世界を代表している。

二〇世紀後期の児童書がカヴァーしているジャンルの範囲は広いが、そのうちでももっとも顕著なのは社会現実主義である。ローリングのハリー・ポッターは児童書にとっての二つのもっとも伝統的な慣行《モーレス》――学寮物語とファンタジー――の上にしっかりと立脚していながらも、現代のしきたりについて語る強力な物語の予想しがたい源泉であるように思われる。けれども、最初の四つの小説における根底にある構成要素――これはシリーズを通して構築しているテーマのことなのだが――、それは人種差別の破壊的性質である。

これを通して、ローリングは当代のもっとも重要な社会問題を活用している。つまり、広く行き渡った民族浄化の恐るべき再現のことであって、これはとりわけアフリカや、以前の旧ユーゴスラヴィア（少数民族のアルバニア人が社会の占有地区全域から全滅させようとの意図で組織的に殺されたり、放逐されたりしている）において著しい現象である。

政治的障壁が打破され、地理的辺境がますます容易かつ頻繁に横切られるようになる間に、人種的不寛容は増大の一方にあるかに見える。英国では、人種に起因した事件が広く拡がっている。異文化から成る集団が衝突する社会では問題が多いし、構造の中に偏見の浸透を許してきた制度の中にも問題は伝染している。

社会の現実的局面を突き止めたり、想像上の世界を構築したりする上で、児童への書き物は或る役割をいつも果たしてきた。とりわけ一九七〇年代以来、多くの児童作家たちは現代の社会的・政治的問題が児童にとってありふれたものであり、かつ理解可能なものだということを念押ししようと、躍起になってきた。北アイルランドにおける分裂社会や、このことがそこに育つ児童にどういう影響を及ぼしているかということとは、ジョーン・リンガードの『ベルファストの発端』（一九七〇年）とその続篇において共感的に描写されてきた。ビヴァーリー・ナイドゥーの『ヨーブルグへの旅』（一九八五年）は、南アフリカで育った子供たちにとってのアパルトヘイト（人種差別政策）の生々しい現実を暴露した。もっとも最近では、一年以内に出た三冊の本が、新参者たちや居住者たち両方の視点から見た場合の、現代英国における人種的偏見のさまざまな問題を剔抉した。すなわち、ゲイヘ・ヒシルマズの『赤い服を着た少女』（二〇〇〇年）は英国にやって来る東欧ロマ人たちへの反応に触れているし、バーナード・アシュリーの『小さな軍人』（一九九九年）は、ウガンダでの戦争から英国に無事に救出された少年兵が――自分の両親を殺した同じ部族の少年と学校で同クラスに入れられることで――なさざるを得ない調整をたどっている。また、ビヴァーリー・ナイドゥーの『真実の裏側』（二〇〇〇年）は、ナイジェリアの二人の子供たちがその父親の率直な報道への報復として、ラゴスにおいて彼らの眼前でその母親を射殺された後に、生き延びるための苦闘を物語っている。これらいずれもが映し出しているのは、現代の子供たちを取り巻く、新参者たちへのさまざまな態度や、さまざまな移住の局面なのである。

マス・コミのせいで、世界中の子供たちはみな不寛容がつくりだす精神的・身体的な虐待のことを知悉しているし、彼らはマス・コミでかき乱されている。現に彼らは救われ難いのだが、しかしローリングが創出したようなファンタジーの世界にあっては、子供たち自身が同情的な大人たちに導かれて、道徳的ならびに実際的な姿勢を取ることができるのである。この点で、ローリングは能力以上のことを子供たちに達成させたり、英雄的に行動したり、大人の責任をも引き受けたりさせうるという、ファンタジーのもつ鍵的機能の一つを遂行しているのである。出発点からして、ローリングは社会現実主義者たちと同じ多くの諸問題に出くわしている。こういう深刻で、多くの子供たちにとっては現実そのものの背景をも含めて、彼女のそれぞれの物語に加わっている次元、それは、純粋の魔法的テーマにはない関連性を付与するという次元である。

ホグワーツ校に入学すべき生徒たちが選ばれた者たちだとの、選抜的な出発点の枠内で、ローリングは階級および人種の相異なる観念を追求している。魔法使いの階層制は、年齢、財産、知力をも含めて、多くの事柄に依拠しているのだが、熱狂者たちにとっての中心問題は育ちの純血さのそれなのだ。魔法使いたちとマグルたちとの平行的な世界にあっては、異人種、階級間の結婚をも含めて、かなりな量のクロスオーヴァーが存在する。純血の重要性というテーマは、『ハリー・ポッターと賢者の石』においてその基礎がすでに十分に固まっているとはいえ、シリーズとともにローリングが展開させているものなのだ。ハリーとドラコ・マルフォイとの間に突然発生する直接の敵意は、ドラコがダイアゴン横町で初めて出会うときに仄めかす、純血への彼の根深い態度と大いに関係があるのだ。

マルフォイの着る制服は「マダム・マルキンの全季節用洋装店」で着付けされるのだが、その間、彼の両親は他にもホグワーツ校の必要品を購入している。ハグリッドは「漏れ鍋」なる店へドリンク剤を買い出しに出かけていて、ハリーは独りぼっちだ。マルフォイはハリーの社会的地位を位置づけようとして、まず彼の両親がどこにいるのかを尋ね、次に、すでに死亡していると聞いて、ほとんど同情の素振りも見せずに、はたして彼の両親が純血だったのかどうかを見分けようとせがむ。ハリーが両親はともに魔法使いだったと確言すると、マルフォイは「別種の人間」がホグワーツ校に入学するのを許可したことに対して自らの偏見に満ちた立場を固めつつ、嘲けって言うのだ――手紙を受け取る前には、この学校について耳にした者はかつて居まいと。ハリーは（ほとんど）純血だったにもかかわらず、マルフォイがまさしく嘲笑したばかりのやり方で、ホグワーツ校では自分の地位について聞いたことがなかったので、二人の少年とも実際には魔法使いの家族に属していながら、両者の間に明らかに敵意が発生するのである。

マルフォイがさらに自らの階層制に基づく社会観に立って、偏見を次々と披瀝するのは、ホグワーツ行き特急において、ロンと一緒のハリーを見つけ、彼にうまく付き合うように忠告するときである。彼がウィーズリー一家を退けるのは、育ちの悪さのせいではなくて――この一家はマルフォイ一家と同じように純血である――、金銭の不足のせいである。彼はロンを嘲笑することにより、ハリーを自分の陣営に加えようと望むのだ。ところがハリーがマルフォイの申し出を即座に断り、誰が悪い連中かの判断をする能力のあるところを大胆にも示したために、二人の間の緊張が高まり、ハリーにもその両親の運命が振りかかるぞとマルフォイはハリーを脅すに至り、ハリーの遺伝にまつわる背景を少しばかりふと暴露するのである。これら二人の出会いを通して、ローリングは階級と人種の問題ではハリーをリベラルとして定着させるのである。こういう〝主人公の〟立場は、いかなる心象世界においても救済者たちにとって中心を成すものなのだ。

古い魔法使いの家族として、マルフォイ一家は真の血統と、魔法使いの行動の旧式な掟にとりつかれている。この一家はすべて、目立った財産、召使い、地方権力という、体制を象徴するものを有している。こうした社会的地位のおかげで、ヴォルデモートとの明らかな、犯罪の結びつきが存在するという暗黙の了解があるにもかかわらず、こういう告発からこの一家は守られているのである。ローリングは闇の諸力との彼らの明白な結びつきとは別に、多くの点でこういう人びとへの不賛成のサインを送っている。たとえば、ハリーが『ハリー・ポッターと秘密の部屋』において、フルーパウダー（煙突飛行粉）を初めて用いようとして失敗するとき、彼は最後にはダイアゴン横町に隣接した不吉なノクターン（夜の闇）横町に出てきている。ここで彼はルシウス・マルフォイが卑屈なボージン氏と何か闇取り引きを行っていることを漏れ聞く。ボージンは新たに提案されたマグル保護法令では、見つかれば、頭痛の種となりかねないような、何か疑わしい品物を保有しているのである。ローリングは富と権力とを、腐敗の可能性――もしくは蓋然性すらも――とただちに同等視しているのだ。

対照的に、ハリーは魔法使いの世界の中でユニークな地位を占めている。彼は母親が魔法使いの家庭に生まれたのではなかった（したがって、ペチュニア伯母さんを姉に持っている）ため、マグルの血統に属しているのだが、彼がヴォルデモートを打ち負かしたため、正常な社会組織の外に置かれる運命を有する者として注目されることになるのである。彼のように魔法使いの知識を欠いていることは、ホグワーツ校にやってくる他の者たちにとっては明らかに社会的に不利となるであろうのに、彼の場合にはまったく喜ばしいものと見なされているのだ。

このことで武装したハリーは、魔法使いの世界を縫うように通っているあらゆる複雑な社会的ないし人種的障壁を横断することができるのである。ハリーはローリングの包括的社会という理念のための導管として行動することができるのだ。孤立した幼年時代のゆえに、彼は〝純血〟なる概念や、異民族間で結婚をした人びととか非‐魔法使いと結婚をした人びとを規定する、軽蔑的な〝穢れた血〟という概念には馴染んでいないのである。友人にロンやハーマイオニーを選んだことにより、ハリーは出生や社会的地位の問題では寛容への立場をはっきりととることを示している。ロンは申し分のない魔法使いの家庭の出身であるとはいえ、貧乏だし、ハーマイオニーは同学年で最優等な生徒であるとはいえ、第一世代の魔法使いである（彼女の両親は平行的なマグル世界で歯医者である）。彼女は育ち（しつけ）の欠如を知識の力（社会的に区分された世間におけるよく見られる工夫）で補っている。つまり、彼女は純血の人びとより以上に自らを事情通にすることにより、付け足すべき重要な見解をいろいろともっているのだ。彼ら三人の間では、それぞれが生まれと財産の点では魔法使いのタイプもひどく隔たっているのだが、社会において占める、受け継がれた地位が上だという一般の説には三人とも異議を唱えているのである。

ローリングはハリーのホグワーツ校の同年齢の生徒たちを導入するとき、社会的ないし人種的地位というこのテーマに触れている。ネヴィル・ロングボトムは忘れっぽいという恐るべき噂のある不適格な魔法使いの一人ではあるのだが、名門の家庭の出身である。彼の両親は問題外なのだ。この両親が出てこない詳しい状況は『ハリー・ポッターと炎のゴブレット』において、ムーディ先生が苛責の呪いをやって見せるときに初めて明かされる。この忌まわしい拷問がネヴィルの両親を発狂させて、セント・ムンゴ魔法病気・傷害病院に監禁させられる破目になったのだった。両親の代わりに、ネヴィルは祖母――名の知られた魔女――によって育てられる。彼の技の欠如は育ち（しつけ）によって大いに補われているのである。シェーマス・フィネガンは父親がマグルだし、母親が魔女であるという、混血の窮地（プラス紋切り型のアイルランド式まじない）と闘うのに十分な自信を有しているのに対して、ジャスティン・フィンチ＝フレッチリーはもしホグワーツ校に突如選ばれなければ、イートン校に行っていただろうことを打ち明けることにより、マグルの立場での自らの社会的地位を表明している。『ハリー・ポッターと秘密の部屋』においてホグワーツ校の生徒への攻撃が始まるとき、彼が傷つきやすいことを示すための、それは自白でもある。ローリングはまた、パチル双子（パーヴァティ、パドマ）、チョウ・チャン、アンジェリーナ・ジョンソン、リー・ジョーダン（ドレッドヘアーにしている）を含めることにより、現実世界に溶け込んでいるように見えるような一つの共同体を急場しのぎに——それ以上というわけではないが——創り出している。

それぞれの家庭のはっきりした特徴が、さらに、決定論的性質をもった社会秩序を創りだしている。家族は例外もあるが、次世代を通して同じ家庭に属する傾向があるし、だから、ハリーの初年度の開始の折に組分け帽子によって決められるように、それぞれの家族の特性は、現在の個々人に当てはまるのと同じくらい、生まれや背景にも当てはまるのである。寮歌にもあるように、ハッフルパフは忍耐強く、忠実かつ労苦をいとわないし、レイヴンクローは賢いし、グリフィンドールは勇敢かつ騎士道的であるのに対し、スリザリンは狡猾で残酷なのだ。

グリフィンドール寮関係者としてのハリー、その両親、ダンブルドア、シリウス・ブラックと、スリザリン寮関係者としてのヴォルデモート、ドラコ・マルフォイ、その両親、スネイプ先生とには、はっきりした区分が引かれている。

『ハリー・ポッターと賢者の石』では社会的・人種的証明書が確立されており、これらはこの物語において果たす役割が小さいとはいえ、枠組み全体の重要な支柱であることを示している。それら、とりわけハリー自身のそれへの異なる反応が、根底にある道徳性や視座を供している。人種的純血性、富、階級といった問題が、シリーズの四つの各物語を通して再三生じており、これらの問題は、ハリーとヴォルデモートとで具現された、善と悪との葛藤と密接に結びついている。この明白な絆――人種的偏見を有する者たちと、〝闇の卿〟(Dark Lord)(この闇の一部はマグルたちや、彼自身と同じく、混血している者たちへの憎悪である)ヴォルデモートに追随している者たちとの間のそれ――はシリーズを通して展開していく。こういう憎悪を煽り立てたのは、彼が生まれる以前に、魔女の母親をマグルの父親が拒絶したことや、彼が以後、マグルの孤児院で育てられたことによる。

ローリングはこういう社会構造の扱いでは不動だし、これについての主張を端的にかつ鋭い風刺を通して維持する彼女の能力は、初めの三巻の物語において最大の知力を発揮したものの一つなのである。生まれは言うに及ばず、能力という非-魔法的因子にも依存した魔法世界の中へ含め込むことにより、彼女は異なる社会階層をいろいろと含んだ混合的共同体を慎重に創り出しているのである。

これらの社会階層の記述を通して、ローリングは説教抜きで、彼女の社会論評において明白な指針を創りだしている。これらの指針がシリーズの以後の各巻の中身を増していき、これら各巻を善悪どうしのたんなる葛藤とか、思いがけぬことが起きる魔法使いの寄宿学校での戯れとかを超えたところへ導いているのである。

民族の純血性をめぐっての応酬は『ハリー・ポッターと賢者の石』では、それが述べられてはいても、それ以上追求されてはいないし、このテーマが中心プロットにそれて詮索されているという点で、やや分離されたままに留まっている。このテーマは『ハリー・ポッターと秘密の部屋』ではプロットにとって決定的となり、ヴォルデモートないしその支持者たちと、ハリーとの間に見られる究極的対決――これはシリーズの四巻すべてにおいて共通している――へのビルトアップ（建て込み）を形づくっている。秘密の部屋が開けられると、あらゆる攻撃の矛先《ほこさき》が向けられるのは、純血ではない者たちに対してである。五〇年前に最後に開けられただけの秘密の部屋を開けられるのは、全員が純血と思っている、サラザール・スリザリンおよびその後継者たちの力だけである。ハリーはパーセルタング（蛇語）を話せることがばれると、犠牲者たちを石にした人物として嫌疑がかけられる。ところが真実が明らかにされ、トム・リドルという少年が実は少年時代の日記の形を取った、ヴォルデモート卿の記憶が、この部屋を開けるようにこっそりとジニー・ウィーズリー〔ロンの妹〕を操ったのだと判明する。

純血の者と残余の者との間の葛藤の重要性の高まりは、シリーズ第二巻におけるはるかに爆発的な応酬によって強調されている。これまでどおり、ハリーの言語への無知や、魔法使い世界の作法への無知が、情報にとっての有用な導管として働いている。ハリーが尋ねざるを得ない、素朴な情報や解明は、読者にとっても情報となるものである。ドラコ・マルフォイがハーマイオニーを「穢れた血」と呼ぶとき、ハリーは当初の語に通じていないのだが、群衆や、とりわけ、ロン――逆火する呪いを遂行する――の反応から、礼儀作法の或る方向が度を越したことを知るのである。

ハリー、ハーマイオニー（〝穢れた血〟として、彼女は知ることを期待されてはいない）、および読者たちへの説明がロンからなされるのは、ロンが自分を噴出させる逆噴射の呪いから回復するときである。彼は名前を呼ぶことの攻撃性を説明し、それから、ハグリッドに助けられながら、こう指摘するのだ――純血の魔法使いは、ちょうどネヴィル・ロングボトム（彼の呪文は決まって失敗する）におけるのと同じように、無用だろうし、また、マグル生まれの男女の魔法使いでも優れた才能をもっているかも知れないし、ハーマイオニーはその明らかな一例なのだ、と。ロンはまた、魔法使いとマグルとの結婚は魔法使いの世界が滅亡するのを防止するのにいつも必要だったことをも指摘している。

こうした応酬や説明とともに、両側の間の闘争方針が繰り広げられるのであり、そしてコリン・クリーヴィーのような新しい登場人物たちに分水嶺のあちこちの側で一つの地位が与えられるのである。これらの地位は付け加わる人物たちがどの寮に入れられるか、また彼らがマルフォイの助手になるか、それともハリー、ロン、ハーマイオニーの知り合いになるかで、容易に読みとれる。意見の不一致や高まる怒りが集中し、さらにはそれが生じさせる身体的危険が、『ハリー・ポッターと秘密の部屋』を『ハリー・ポッターと賢者の石』よりもはるかに深刻かつ劇的な本たらしめているのである。

〝穢れた血〟を石化するというのは、あまりに不気味な含みをもつ。ある個人が当初は無関係な攻撃と思われるようなもので狙いうちされるという考えは、閉鎖社会にははなはだ恐ろしいものである。犠牲者たちの間の結びつきが分かると、それはいっそう恐ろしくなる。ローリングは緊張を築く自らの能力により、それを一社会内の何らかの少数者の迫害を納得のいくパラレルなものたらしめている。

『ハリー・ポッターとアズカバンの囚人』とともに、ローリングは異なる方向へ飛び出し、友だちの忠実さに関する問題や内側の恐怖に主な重心を置いている。とはいえ、激しい憎悪はまだ依然として存在しているし、他の魔法使いと対立させられた場合の純血の問題が完全に消え失せたわけではない。ところが『ハリー・ポッターと炎のゴブレット』になると、ハリーとヴォルデモートとの間の葛藤の背後で、彼女はほとんどもっぱら、人種的偏見の異なる局面に戻っている。クイディッチ世界選手権やさらには三校対抗杯試合といった枠組みを、他の諸国からさまざまの魔法使いを一緒に集める仕掛けとして用い、こうして国際的要素を加味することにより、彼女は寛容のテーマを民族主義や人種的偏見についての考察へと拡大していく。このテーマがもっともうまく要約されているのは、ダンブルドアが同書の終わりの別れの祝宴で、友情、信頼、共通目標こそが、文化および言語におけるさまざまな相違を克服しうるのだと述べている個所である。このように団結することにより、ヴォルデモートが広げようとしている不和に対決することが可能となるのである。

国際的要素を含めたことは、ローリングがはるかに野心的な視野をもっていることの反映である。世界中から取られた厖大な新配役を加味することにより、ローリングはロンとハリーがマルフォイと行ってきたような議論の、新たな、とくに不吉なヴァージョンを持ち込むことが可能となる。マグルたちを初めは辱《はずか》しめたりいじめたりして迫害し、それから昇進してくる〝闇の人〟(ヴォルデモート)と親密交際している、頭布をかぶった一味は、合衆国南部諸州におけるクークラックスクランを綿密になぞったものである。ホグワーツ校というやや従順かつ規則に縛られた幻想世界からかけ離れた、こういう戸外の舞台では、ヴォルデモートがますます強力になるにつれて、偏見は一般により恐ろしくてより深刻な悪を備えることによって憎悪と化し、はるかに不吉となるのである。ここでローリングは以前に過ぎ去ったすべてのことに調和を保っている。つまり、棒《バー》は上げられるし、緊張は高まるのだ。押し合いへし合い状態はここでは、〝現実〟世界のいずこにおけるのと同様に、不快になっている。

だが、クイディッチ世界争奪戦に参加する二チームという紋切り型と、それから三校対抗《トリウィザード》杯の試合で競うための、二つの魔法使い学校からのホグワーツへの到着との両方をもって、ローリングが示している、さまざまな国についての説明は、はるかに扱いにくい。差異がどこにあるかと言えば、魔法使い学校内での区別・緊張が、いかなる社会にも所在する、階級、金銭、権力の区分を模しているという事実にある。ほかの多くの個所においてもそうだが、ローリングはただちにそれと分かるような、かつオリジナルでもある、局所的な偏見をつくり上げることによって、脚色したり、模倣して笑わせたりしてある。マルフォイ夫妻がクイディッチの試合で頂上の箱の中のウィーズリー家のほとんど全員をつきとめたとき、マルフォイ氏はウィーズリー家の相対的な価値や座席の出費に関して嘲笑を抑えることができない。こういう卑しい愚弄はいかなる社会的脈絡の中でも用いられうるものであろう。

国籍による人間の評定は主として、もっとも知れわたった、したがってまた、もっとも紋切り型の特徴をつかってなされている。パロディーとして意図されていることははっきりしているが（ローリングは優れたパロディー作者の一人である）、クイディッチ世界選手権での二つの競り合ったチーム（ブリガリアとアイルランド）は単純明快な、国家を表わすエンブレムとマスコットで規定されている。アイルランドの冗談はいっぱい出てくる。スタジアムの中へチームを先導する、きらきら光ったアイルランドの国花三つ葉のクローヴァー（シャムロック）は、何千もの小妖精《レプラコーン》にぱっと散るのだ――「顎《あご》ひげを生やした小人たちが赤いチョッキを着用して、それぞれ緑色ないし金色の小さなランプを運んでいる」。ブルガリア・チームはと言えば、セクシーな、セイレンみたいな妖女《ヴィーラ》たちをマスコットや魔法省大臣にしており、コーネリウス・ファッジは当初この大臣の名前を茶化して侮辱するのだが、その後、この大臣は英語をまったく話せないから、こういう無礼な言葉も問題ではないことを指摘して大臣を追放してしまうのである。ヨーロッパ人たちは強い外国なまりで嘲笑されているが、アイルランド人のおせじは大目に見られている。ローリングの以前にも見た包含的な態度の力からすると、これは無害な戯れなのだが、それでも不意打ちの感は否めない。とはいえ、レプラコーンの黄金がちりと化し、ブリガリアの魔法省大臣が英語に流暢なことが判明すると、外国人たちは逆転して最後に勝つことになるのである。

三校対抗杯の選手権保持者たちと一緒にホグワーツ校へ旅する二校のメンバーたちの記述でも、同じ問題がつきまとっている。フランスからやって来た美しき棒《ボーバトン》校生と東ヨーロッパからやって来たドゥルムシュトランク校生が国民的特徴に富んでいることは、彼らの外見やスピーチのうちにはっきりと見て取れる。ボーバトン校の女性校長オランプ・マクシムが同校の車輌から降りるときにダンブルドアから挨拶されると、彼女は——ダンブルドアの名前の過度にフランス語化された発音をも含めて——魅力的なブロークン・イングリッシュを話し始めるのだが、しかも彼女はそれを明らかに性的魅力を底流に含んだ太くて低い声で発音している。ホグワーツ校には三校対抗杯の予備の選手権保持者が一人いることを彼女が抗議するときのような、後のやりとりも、やはり紋切り型の砕けた英語でなされている。ボーバトン校のもう一人の重要人物——同校の選手権保持者フレール・ドラクール——は銀色味を帯びた金髪の美少女である。フランス人たちは物腰の魅力的な、身体つきでも人を引きつけるものとしてカプセルで包まれているのである。

対照的に、ドゥルムシュトランク校の校長イゴル・カルカロフは、信用できない人物という含みとともに、身体的にも魅力に欠ける者として描かれている。顎が引っ込み、笑っても目元のすわっている彼は、計算は下手だが、お世辞はうまい。彼の連れてきた選手権保持者ヴィクトル・クルム——ブルガリア・クイディッチ・チームのスター——は、〝無愛想〟としてしばしば述べられているが、よりうまくこなしている。スポーツの腕前で少年たちからアイドル視されている彼は、図書館では少女たちから取り囲まれる、憧れの人物でもある。だが、ドゥルムシュトランク校は当初から疑いもなく信用されていない（カルカロフが当地へ派遣されてきたのは、魔術（Dark Arts）を行うためではないかとのマルフォイによる言及はこのことを証明している）し、ホグワーツの湖に係留されている彼らの船は黒くて何か不吉な予感を与えるのに対して、ボーバトンの淡青色の車輌はぴかぴかしており、魅力的なのである。ドゥルムシュトランク校生たちははじめからより不吉であるし、その後の発見——カルカロフはかつて〝死食人《デス・イーター》〟だったとの発見——は、ただわずかにゲルマン気質を装っているだけのこういう連中が、個人的にも国民的にも邪悪だとの観念を支える結果になっている。

外国人たちを犠牲にしたジョークはなおも続く。晩餐会でロンは特売の大きな貝のシチューが同様に象徴的なステーキ・アンド・キドニー・プディング〔牛肉・子牛の腎臓などで作った英国のプディング〕の傍にあることを指摘する。すると、すぐさま邪推してロンはハーマイオニーにこれは何のことかと尋ねる。彼女の答え、〝ブイヤベース〟〔魚貝類・野菜の濃厚スープ〕に、彼はあたかもくしゃみとして聞き違えた素振りして言う、「お大事に」(Bless you)と。外来語とか外来の名前に関するジョークが許された時代の旧-学寮物語の一つのジョークなのだ。

ダンブルドアですら、トロール、鬼婆、レプラコーンがみなとあるバーに入って行く物語を始めるとき、民族主義的なジョーク——魔法使いはスコットランド人、アイルランド人、イギリス人に等しい——を飛ばすという罠に掛かっているかに見える。幸いにも、マクゴナガル先生が良識を働かせて、校長がやり過ぎる前に食い止めさせるのである。

しかし、『ハリー・ポッターと炎のゴブレット』においてローリングが取り組んでいる社会的テーマは、人種間の平等だけではない。ハーマイオニーは豊富な時間表を放棄してから、屋敷下僕《しもべ》妖精たち(House Elves)の主張を採用する。彼女は自らのキャンペーンを遂行して、ハリーとロンからさえも僅かながら支持を得たうえで、彼らを解放しようとする。ロンは屋敷下僕《しもべ》妖精たちが喜んで他人のために働いているのだとの主義を採用する。そしてハリーはといえば、その本能は通常とてもしっかりしているし、ドビーをマルフォイ一家への奴隷状態から大胆かつ決定的に解放してやっただけに、ハーマイオニーの「屋敷下僕《しもべ》妖精の福祉促進協会」(SPEW)——つまり、「屋敷下僕《しもべ》妖精解放戦線」として知られることになるもの——にあまりにも巻き込まれるようになることに関しては宙ぶらりんの態度をとっている。屋敷下僕《しもべ》妖精たち——その代表はドビーとウィンキーという、ローリングにはもっとも愛しい二人である（彼らの抑揚のある話しぶりが彼らに喜ばしい子供っぽさをしみ込ませているからである）——は、彼らが自由から何を欲しているのかを知らないし、またひとたびクラウチ家に奉仕することから解放されるや酒に溺れるウィンキーの場合には、自由をはたして欲しているのかどうかを知らないために、事態をさらに混乱させている。ローリングは有給サーヴィスと個人的サーヴィス——ハーマイオニーは正当にもこれを苦役と見なしている——との違いや、自律に順応することとの困難さについて思考をめぐらしている。他のいかなる社会における召使いとか奴隷と同じく、屋敷下僕《しもべ》妖精たちも家族の秘密の番人であるし、だから、ウィンキーがクラウチ一家における成り行きについて暴露したことは、三校対抗杯の背景や、ハリーとヴォルデモートとの間近に迫った宿命的な遭遇を解明するのに危険となるのだ。

ハーマイオニーの取り憑かれたような頑固なうえの主義の採用や、これについて彼女がいかにうんざりすることになるかといった洞察の完全な欠如は、『ハリー・ポッターと炎のゴブレット』における短いエピソードの一つであるのだが、これがローリングをして、完全な解決なしに疲弊させる結果に至らせているのである。とはいえ、そこにはローリングがキャンペーン・リーダーたちのあらゆる識別特徴——偏狭な考え、他人を巻き込むためのいじめ戦術、そしてときには、助けるのが目標になっている当人たちの最良の利益に反しているかに見えるような行動方針への執拗な追求——に言及することにより、見慣れた誰かについての彼女自身の見方を創りだすことができるのだということの、もう一例が出ているのだ。

ローリングの平等の問題へのかかわり方や、偏見への彼女の毛嫌いは、社会的枠組みをも道徳的背景をもともに供しており、これらはシリーズのそれぞれの物語における語りを推し進めるもろもろの冒険の支柱をなしている。孤児となったハリーにおけるように個人的基盤でも、また屋敷下僕《しもべ》妖精たちにおけるように社会的基盤でも、敗残者に対しての彼女の本能的な支援、これこそが、子供たちが彼ら〔ハリーや屋敷下僕《しもべ》妖精たち〕がやっているのと同じくらい強力に物語と同化する理由の一部なのだ。子供たち自身は社会において相対的に無力であるし、だから、同じような、または似かよった状況では、他人への感情移入を素早く認知するのである。

人種および財産の相違は、ホグワーツ校の生徒たちの間では公然と論じられているし、ローリングも平等に基礎づけられた包含的社会を描こうと繰り返し試みている。性の差異——ないし類似性——はそれほど表で論じられてはいないし、ローリングはその魔法世界では、少女たちや婦人たちの地位について雑多なメッセージを与えることにより、現代社会についての彼女自身の見解を否認しているように見える。

構造の観点では、ホグワーツ校においては万事がかなり公平に割り当てられているように思われる。これは男女混合の学校であるし、少年少女が同じカリキュラムを学ぶのであり、衣服——作業着、とんがり帽、手袋やマント——の記述に関する限り、彼らの制服は同一である。彼らは授業を一緒に受け、食事でも同席するし、ただ寝室や浴室といった設備を別にしているだけだ。クイディッチでも全員が男女混合チームで試合をしている。ただし、グリフィンドール寮のキャプテンのウッドは、男子のメンバーたちへの期待からか、チームのチェイサー、アンジェリーナ・ジョンソンから直される前には、試合前の激励演説で、チームに〝メン〟(men) と呼びかける誤りを犯したりしているのだが。

職員も男女混合であるし、教員は大半は彼らが教える課目でステレオタイプに分けられてはいないのだが、不幸にも戯画化されている厳しい司書マダム・ピンスのように、若干のはっきりした逸脱も存在する。たとえば、マダム・フーチは体操教師であるとともに、クイディッチのチーフ・コーチであるのに対して、ダンブルドアは校長として最高指揮をしているし、マクゴナガル先生はホグワーツ校の日々の雑務を行い、そして、ホグワーツ校で教えられるもっとも複雑かつ危険な魔法のいくつかを受けもつ、堂々とした賢明な、変身術の教師であるほかに、必要な秩序を維持してもいる。ただし、これとてもはっきりした性的階層制ではないことは、『ハリー・ポッターと炎のゴブレット』において、かなりな力を有する恐るべき魔女で、威厳のある女性校長マダム・マクシムに導かれて、ボーバトン校の生徒たちが現われるときに示されているとおりである。歴史をたどっても、ホグワーツ校は性差別をしないことが示されており、その創設者たちには、男女の偉大な魔法使いがいたのである。四つの学寮のうち、二つは女性、二つは男性によって創設されたものなのだ。こういう健全な方針をもわずかに損なっている事実、それは、疑いもなく二つの支配的な学寮たる、スリザリンとグリフィンドールが男性によって創設されたのに対して、レイヴンクローとハッフルパフ——それぞれ、意欲のある者たちと、忍耐強く真実である者たちのための寮と記されている——は女性によって創設されたということである。

こういう出だしからして、ローリングの創造している学校は、両性を平等に評価し、かつ、両性間の差別なしにそれぞれの才能を伸ばしているように見える。『ハリー・ポッターと炎のゴブレット』において、三校対抗杯の選手権保持者を選ぶ段になると、障壁は性ではなくて、年齢なのである。グリフィンドール・チームのアンジェリーナ・ジョンソンは最初にエントリーされる人物のひとりだし、また、選手権保持者たちの最終リストが読みあげられるとき、ボーバトン校のフレール・ドラクールが選ばれている。その後の予選試合（体力についてと同じように知力についてのものなのだが）においては、彼女が効果的に競う能力では少年たちにいくらかでも劣るというような示唆はまったくない。より小さな勇敢さのテストや、クラスでの魔法の課題にあっても、少女たちは少年たちと同じようにすべての技《わざ》を完全にやり抜くことができている。『ハリー・ポッターとアズカバンの囚人』では、まね妖怪《ボガート》に関するルーピン先生の意味深長な授業において、軽い性差別の反転すらもが見られるのであり、パーヴァティはまね妖怪をミイラとして魔法で呼び出すのに対して、蜘蛛《クモ》をもっとも恐れているロンはその一匹に立ち向かい、打ち破る程度なのである。

したがって、構造的には、ホグワーツ校は平等を考慮しているし、ローリングはこれが彼女の意図なのだとのあらゆる印象を与えている。たしかにそれは彼女の根底所在のメッセージに合致しているのであろう。けれども、シリーズの四冊を通して、彼女はその女性登場人物たちに関して陰に陽に否定的なのであって、彼女らにはよくても限られた役割を、最悪の場合には屈辱的な役割を与えているのである。

生徒たちの描写では、ローリングは少女たちの性格や、彼女らの成長や、ローリングが彼女らに与えている役割では、はっきりと出し惜しみをしている。『ハリー・ポッターと賢者の石』では、ハーマイオニーが唯一の同定しうる女子生徒である。ここではハーマイオニーはハリーにとっての優れた引き立て役なのであり、彼女の知力は、ハリーとロンが企てる作戦を遂行するのに不可欠な役割を演じている。ハーマイオニーは賢いが堅苦しくはないし、その聡明さが高く評価されている。彼女は興味のある、面白くて、大切な人物なのだ。

驚くべきことに、ローリングはシリーズの続きでは、ハーマイオニーの性格にあまり肯定的ではない面を付加することにより、その役割を展開させている。『ハリー・ポッターとアズカバンの囚人』では、ステレオタイプながり勉少女のハーマイオニーは衒学的な退屈な人物と化しており、この立場が彼女の選ぶ二重の時間割で確証されている。『ハリー・ポッターと炎のゴブレット』では、彼女は情熱的な世話焼きとして配役変えがなされており、屋敷下僕《しもべ》妖精たちを解放する運動にあまりにも打ち込んだために、改革運動の執行者となるとき、いっそう悪い事態が振りかかっている。こういう展開のために、彼女が絶えずハリーの援助に尽力するといったより肯定的局面や、彼女の知識、明敏さ、進取の気性、それに、クリスマスの舞踏会でヴィクトル・クルムの魅力的で目立つパートナーとしての彼女の突然の出現、といった価値が次第に損なわれていっている。

他の少女たちとて、あまり上首尾ではない。授業中に彼女らのことが言及されることはほとんどないのだが、ただし、ラヴェンダー・ブラウンとパーヴァティ・パチルは別であって、彼女ら二人はトレローニー先生の占い学の授業を軽々にも信じたことでハリーとロンからひどく嘲《あざ》けられている。彼女ら二人の魔法生物飼育学のクラスへの貢献は——ハグリッドと、その飼育した怪物たちにおいてであれ、あるいはグラッブリー＝プランク先生とその美しい一角獣《ユニコーン》においてであれ――ウァー！　という悲鳴に限られているのだ。ジニー・ウィーズリーは『ハリー・ポッターと秘密の部屋』では――ほとんどは彼女が救出される必要があるために――重要な役を演じているが、彼女はハリーへの献身でもっぱら規定されうるのである。彼女はハリーが現われるたびに真っ赤に赤面するし、彼の居る前では寡黙になっている。ハリーが引きつけられている学年が上の少女チョウ・チャンは、かわいい少女としてほとんど完全に規定されうるのだが、彼女はまた、すべての事態がもっとも暗く見えるときになって、ハリーに親切な言葉をかけている。元気のいい黒髪の少女アンジェリーナ・ジョンソンは、クイディッチにおけるその腕前で広く知られている。

ホグワーツ校の女性の卒業性たちさえ、結果が思わしくない。魔法省におけるパーシー・ウィーズリーの同僚で外界における唯一の女性職業人バーサ・ジョーキンズは、パーシーや、ホグワーツ校教師連によってさえ、無能者と見なされている。彼らの評価が正しいと証明されるのは、彼女がヴォルデモートの手に陥り、彼によって殺される前に拷問の下で彼に不可欠な情報を洩らしてしまったことが判明するときである。

ボーバトン校の選手権保持者に選ばれたとき、ほかのボーバトン校の候補者たちに涙を流させたフレール・ドラクールのみは、持続的で遂行的な役割を果たす一方では、水魔《グリンデロー》たちから妹〔ガブリエル・ドラクール〕を救出するのに失敗したと思うときの、フレールの純粋な心痛といったように、すっかり納得のゆく情緒を露わに示してもいる。

少女どうしの女性らしい情感、友情、相互援助――もしくは、つまらない敵意や口論――こういうものはみな、ホグワーツ校のような閉鎖社会では予想されるかも知れないが、これらは欠けている。ハリーとロンとの関係は、『ハリー・ポッターと炎のゴブレット』では、ハリーの名声、富、成功に対してのロンの嫉妬の増大を含みながらもこれを切り抜けて発展していくのに対して、少女たちや彼女らの関係は眠ったままだ。彼女らの成長や成熟したかに思われるものの唯一の徴《しるし》は、クリスマスの舞踏会で正しいパートナーをもつことに興味を示していることぐらいだ。いささか貶《おとしめ》られた役割のもう一つの例ではあるが、ローリングはそれを用いて、機知の契機をつくりだそうとしている。ハリーとロンがせっかくハーマイオニーを招くことができるはずなのに、彼女を魅力的な少女と見なすことができないため、二人ともパートナーを見つけだすことにすっかり失敗するときが、それである。

学校での少女たちはたいていは無視されているのだが、ローリングはホグワーツ校における他のほとんどすべての婦人たちの描写ではきっぱりと軽蔑的態度をとっている。グリフィンドール塔を見張っている絵の中の人物は〝太った婦人《レディー》〟である。彼女の友人は、控

え の間の中にある絵から抜け出して、大ホールに行き、予備の三校対抗杯選手権保持者についての驚くべきニュースをもたらすのだが、この友人はヴァイオレットと呼ばれていても、しぼんだ魔女として言及されている。両者ともその名前からして身体的に魅力を欠くし、この点では、太った婦人《レディー》が負傷したときに、代役として順番を引き受けるカドガン卿——頼りにならないが、魅力に富む——と対照をなしている。『ハリー・ポッターと秘密の部屋』で少女たちのトイレに目立って出没する幽霊は、嘆きのマートルである。肖像画と同じく、これはただちに嫌悪されるべき役柄なのだが、他方、幽霊界におけるその片割れ、〝ほとんど首無しニック〟〔ニコラス・ド・ミムジー＝ポーピントン卿〕は、無能ながら魅力のある面白い人物である。ミセス・ノリス——管理人の気難しい雌猫——のみは、同じく気難しい雄の片割れ、アーガス・フィルチ本人に釣り合っている。

ホグズミード村の外側では、パブ〝三本の箒〟でバタービールの泡立つ大型ジョッキを出しているママ、マダム・ロスメルタが魅力的であり、こういう人物として、第一に〝三本の箒〟に入ることとの魅力の大半をもなしているという含意を込めて、男の視点から記述されている。素早い引用の羽根ペンをもって、その安直ジャーナリズムをよりいっそう容易にした、ローリングの最大の滑稽な創作物の一つ、リタ・スキーターでさえ、やはりもう一人の否定的な女性のステレオタイプなのだ。

邪悪なペチュニア伯母さんであれ、崇拝されているウィーズリー夫人〔モリー・ウィーズリー〕であれ、女性たちは非魔法界や魔法界の両方における主要な二家族にあって、ほとんどの時間をこまごました家庭内の問題を解決することに費やしている。両方とも子供たちのために学校の正しい制服を作っている――ウィーズリー夫人の場合には何倍も倍加される――し、両方ともそれぞれの家族のために料理している。ウィーズリー夫人は厖大な食事をさっさと用意している――幸いにも彼女は家族全員と泊まっているハリーとハーマイオニーがいるときには、ジャガイモを切り刻んだり、ソースを作ったりするのに或る魔法の助けを得ることになるのではあるが。ほかの種類の母親たち（たとえば、クイディッチ世界選手権においてちらりと姿を現わすドラコ・マルフォイの魅惑的だが、人を小ばかにしている母親）は、明らかに軽蔑されている。ブロンドで、スリムな、しかも素敵に見える潜在力のある、このミセス・マルフォイはナルキッソス〔スイセン〕と呼ばれたりしているのだ。

非‐魔法使いたちの世界においてさえ、屋敷奉公から解放された屋敷下僕《しもべ》妖精たちのうち、ドビーは自らの自由を賢く処理して、一つの職業を見つけ出し、ある種の自尊心を身につけている。けれども、パーティの屋敷下僕《しもべ》妖精ウィンキー〔女性〕のほうは、飲酒にふけり、自己憐愍の昏睡状態に陥っていき、何とかして元の奴隷奉公に戻るようにしてもらいたいと懇願するにいたっている。

ローリングは社会における平等と寛容の必要をはっきりと理解しているし、女性教師の諸モデルを見事に演じることから出発しているとはいえ、彼女が創出した諸モデルを全般的な女性の役割において不意に現出させているのである。彼女の描く少女の登場人物たちは知的で有能たりうる一方で、当然ながら、補助的ないし紋切り型の役割を採り入れているように見える。この点で、ローリングは一九五〇年代半ば以前の児童書のパターンに戻っている。この時代の児童書は、若干の例外もあるが、たとえばアーサー・ランサムの『ツバメ号とアマゾン号』（一九三〇年）におけるスーザンとティッティとか、C・S・ルイスの「ナルニア国ものがたり」シリーズにおけるスーザンとルーシーのように、少女たちを実際的か敏感かのいずれかとして振り当てるのが通例だったのである。両性の登場人物が出てくる物語において、少女たちに指導的役割が与えられることは稀《まれ》だったのだ。もっとも、アストリッド・リングレンの『ピッピ・ロングストッキング』（一九四六年）――英国では一九五四年に初刊――におけるピッピとか、若年層の読者のために書かれたドロシー・エドワーズの人生肯定的な『私のやんちゃな妹』（一九五二年）のように、この時期には特徴的な、決然とした少女たちも多く存在しているのではあるが。

ローリングはハーマイオニーに同種の特質の多くを当初付与したのであるが、彼女は戦後数十年間に支配的だった少女たちのモデルを避けたように見える。たとえば、ジリアン・エイヴェリーの『学寮長の姪』（一九五七年）におけるマリー、ジョーン・エイキンの『バターシー城の悪者たち』（一九六四年）のダイド・トゥワイト、ジェイン・ガーダムの『ヴェローナから遠く離れて』（一九七一年）におけるジェシカ・ヴァイ、ニーナ・ボーデンの『帰ってきたキャリー』（一九七三年）におけるキャリー、ジル・ペイトン＝ウォルシュの『夏の終りに』（一九七二年）におけるマッジのような女主人公たちがそうだし、ほかにも数多くの例が存在する。これらの少女たちは自己喪失や混乱に満ちていたし、しばしば内気のように見えたが、しかしまた、機略に富み、ユーモラスであって、諸状況に自らを適応させたり、あるいは諸状況を自らに適応させたりすることができたのである。

この点では、ローリングは当世の出版界の一般論、つまり、少年たちは読書をしないし、ましてや少女たちに関する読書をしない――だからこそ、ハリーが主だった登場人物になっているのである――という世論に影響されたのかも知れない。これが事実だとしたら、ハリー・ポッターは少女たちにあっても人気があるように見える以上、ローリングは完全に成功したことになる。少年読者たちはハリーのヒロイズムと一体化するかも知れないが、他方、少女読者たちは――ホグワーツ校の少女たちと用じく――愛情を必要とする母なし少年、および特殊な力を有するロマンチックな主人公の両方としての彼に反応しているのである。

そのうえ、シリーズの各巻がだんだんと劇的となり、ハリーが直面する危険が大きくなるにつれて、ローリングの書いている構成も冒険的となっていく。『ハリー・ポッターと賢者の石』では、賢者の石への探求は劇的事件の一小部分だった。ハリーの由来や、ホグワーツ校の背景の構築が、この本の独自性にとっての核心を成していた。ところが、ハリー、ハーマイオニー、ロンが〝賢者の石〟の発見に出かけて、そうするうちにクィレル先生の仮面をはぎ、ヴォルデモートの正体を暴露すると、それは、ひどく劇的な魔法的契機の付加とともに増大する、〝消灯〟後の冒険とほとんど変わらなくなってゆく。

シリーズの進行につれて、ハリーはますます平凡な子供ではなくなる。彼の身分は、彼が引き受けることになる役割を彼に約束しているのであり、彼は生徒というよりも伝説の一部と化するのである。語りの点では、ローリングは学寮物語から神話へと移行している。シリーズの次のすべてのタイトルにおいては、ハリーはダンブルドアの研究室の中へ引き入れられている。彼はダンブルドアなるマーリン〔アーサー王に仕える魔術師〕にとってのアーサー王なのだ。ヴォルデモートとハリーとの間の葛藤は、昔から続いている魔法神話の一部としてリセットされているのであり、こういうものとして、女性たちの役割もまた変えられているから、結果としては、彼女らもやはり、異なる文学伝統の一部と化している。

7 教育

ローリングはその社会観では明らかに進歩的である反面、その教育観でははるかに体制順応主義的である。シリーズの物語における本質的な保守主義は、旧式な舞台設定にある。だがローリングの因襲遵守は、たんなるホグワーツ校の舞台設定とか、寄宿学校の創出をうまく超えてしまっている。シリーズのそれぞれの物語において、ローリングの教育組織、教育内容、教育評価はすべて、若干のジョークじみた差異はあれ、はなはだ伝統的な類いの教育を補強することが意図されている。各授業がそれぞれ個性的な気まぐれに富んでいるということは、彼女のとてつもない想像力を十分に働かせる機会を与えているわけだが、だからといって、彼女が正規の教育や学習の重要性に寄せているウェイトは減少させられてはいない。しかし、自らもかつては教師だったローリングは、その教育モデルがすっかり時代遅れに見えるのを阻止するために、自らの現代教育の組織および構造についての詳細な知識を応用しているのであり、こういう知識のせいで、彼女はホグワーツ校で、現実を映す特別に効果的で面白い鏡をパラレルにつくり出すことが可能になっているのである。

先生（Professor）呼ばわりされているホグワーツ校の教師たちは、学が備わっている。彼らのほとんどは生徒たちから尊敬されているし、もちろんのことながら、最大限の礼儀をもって遇されている。食事時には、彼ら教師は生徒たちから離れた名誉の席たる上座に就く。生徒たちの唯一の規則的な接触は、世話役としてではなく、教師としてであるし、若干名は寮監であるが、生徒が病院に入院している場合を除き、生徒との家庭的な相互関係を結ぶことはない。ホグワーツ校の生徒たちは通学用かばんを揺らしながら廊下を突進したりはしない。クラスではののしりあいの叫び声が上がることはあり得ない。これは、フィクションの中で一般に示されているような、現代の英国の総合中等学校の魔法版なのではないのだ。虚構化された（上流子弟用の）パブリック・スクールにおけるように、統制は各寮の得点の付加または減点や、拘留の罰によって維持されている。こういう秩序は、バッジや特権を帯びた、上級生や監督生たちによって強化されている。寮の得点や拘留――生徒たちからは不当な裁定だと思われているのだが――は、魔法のいろいろな可能性を有する世界において或る程度の秩序を代表するものなのである。こういうすべてのものが供する、既知の限界や罰則は、ハリーがヴォルデモートと遭遇することで投げかけられる未知の危険の後では、一種の救いをともなっている。こういう並置を通して、ローリングは組織体の価値や、規則に縛られた社会を支持しているのだ。彼女はホグワーツ校の堅苦しさを称賛するために、平等の別の面たる抑圧的局面を同定するよりもむしろ、こういう制度が創り出す安全と秩序を強調しているのである。

どの学校でもそうだが、ホグワーツ校の流儀や調子はその長に起因している。ホグワーツ校のほとんどは模倣という特徴づけにあるのだが、異例にもアルバス・ダンブルドアでは、ローリングはユニークで複雑な校長を創りだしている。第一には魔法使いながら、ダンブルドアはまた厳然としており、校長らしい風格も備えている。彼は学問においてばかりか、人間性においても齢《よわい》を重ねた分だけ賢明である。彼の親切な管理体制は、ホグワーツ校に温かみと礼儀正しさという裏面を吹き込んでおり、このことはさらに、たとえ小さないじめ事件が発生していても、人格的成長および安全の避難所としてのこの学校を目立たせる結果になっている。

ハリーが最初にダンブルドアを目にするのは、ホグワーツ校への最初の旅で蛙チョコレートの包みの中に見つけた、有名な魔法使いや魔女のカードからである。そのカードの上では、ダンブルドアが近代の魔法使いの中でもっとも偉大な魔法使いだと多くの人びとから見なされていると記されていたし、したがって、ハグリッドがハリーに告げていたすべてのことを確証するものだったのだ。ハリーが実物のダンブルドアを見たときには、彼の銀髪は、幽霊たちを除き、広間の中の何物よりも鮮やかに輝いていた。ダンブルドアの権威には決して疑いの余地がないのだが、それでも彼はまた子供っぽいか、おそらくは少々〝おかしい〟ようだった――ハリーが『ハリー・ポッターと賢者の石』において、饗宴の始まりの折にこの校長が「そーれ？　わっしょい？　こらしょい？　どっこらしょい？」と四つの的外れな語を発するのを聞いたときや、同じ機会に校歌が歌われたために校長が感激の涙をぬぐうのを見たときには。

ダンブルドアは保護者なのだ。彼の心くばりは学校の全生徒に及んでいるが、とりわけハリーには徹底している。ハリーの生涯において危機的な瞬間にダンブルドアが出現したことや、ハリーを自分の研究室――ハグリッドを除き、ほかの誰もがほとんど出入りできない奥まった聖域――にやってくるように招いたことは、二人の間に特別なきずなが存在することを暗示している。

『ハリー・ポッターとアズカバンの囚人』ではもっと特別に、ダンブルドアの大きな力のおかげで、魔法省の大臣がシリウス・ブラックを発見するために吸魂鬼《ディメンター》たちを雇いたがるにもかかわらず、彼らを学校から締め出すこともできている。ダンブルドアが吸魂鬼《ディメンター》たちを認めず、彼らの方法を嫌うわけは、彼らがヴォルデモートや闇の力とあまりにも密着し過ぎていると見なしているからである。男女の魔法術の技を将来実行する者たちのための訓練の地盤として、ホグワーツ校は、指揮する権威という不可欠な校長の資質は言うまでもなく、魔法の大きな力をも有する誰かに導かれるのだ。これらが実行されるのは、職員の任命といったような、自分自身の共同体内の問題を処理したり、外界――彼の場合には、究極的に学校を統制する魔法省――との会合に出席しなくてはならなくなったりするときである。

学校の日常業務では、ダンブルドアは親切だが、高みにいる人物であって、滅多に姿を現わさないし、学校の日常の管理にかかわることをしていない。ホグワーツ校へハリーを招く手紙も、ダンブルドアはさながら入学許可の過程の管理を超越しているかのように、彼からではなくて、マクゴナガル先生から出されている。けれども、ハグリッドがハリーと連絡を取ったとき、彼は直接ダンブルドアに返事をしており、こうしてハリーとダンブルドアとの間の特殊な絆《きずな》ばかりか、ハグリッドとダンブルドアとの間のそれをも暗示している。規律を統制しているのは、各寮の寮監である。ダンブルドアは運営において上位のポストを占めることができたために、そういう日常的なこまごました争論を超越した地位に就いているのである。彼の出現は魔法的な性質の破れと密接なつながりがある。『ハリー・ポッターと賢者の石』ではダンブルドアはホグワーツ校から闇の力を遮断しながらも、闇の魔術に対する防衛術の四名の教員の内から二人を任命するに当たり、誤って、クィレル先生を装った教師たちを学校に入らせてしまうし、また『ハリー・ポッターと炎のゴブレット』では、ダンブルドアの制止をもはぐらかすほどの力を有する、義眼の片目をもつムーディ〔アラスター・ムーディ〕をダンブルドアは学校に入らせたりしている。

スネイプ先生は「ハリー・ポッター」シリーズにおける他のほとんどすべての登場人物たちとは違って興味深くも曖昧な地位を占めており、この地位はシリーズの展開につれて変動している。ホグワーツ校の大半の教師たちよりも強力な性格をもつ彼の進展は、ローリングが物語の連続という全般的印象を保持しつつも、細部を変えていく能力のあることを示す一例なのだ。

スリザリン寮の寮監として、スネイプは校歌の言葉では端的に〝狡猾〟と規定されうる。スリザリンと結びついていることはまた、ヴォルデモートとのつながりをも意味するし、このことは、ダンブルドア、ハリーおよびその両親とは別の側に立つ者としてのスネイプをくっきりと示している。ホグワーツ校の穏やかで家庭的な状況の中にあって、スネイプはスリザリン寮生たちとグリフィンドール寮生たちとの間に小ぜりあいが発生すると、寮の得点を与える際に、ハリーに反対している。だが、スネイプとハリーとの敵意は、たんなる寮どうしの嫉妬や区分を超えている。スネイプはハリーと自分とが善と悪とのより壮大な葛藤において、対立する両側に立っているという含みでも、個人的にも、ハリーを嫌悪しているらしい。

『ハリー・ポッターと賢者の石』におけるスネイプについての最初の描述では、ローリングは彼の身体特徴を脂っこい黒髪、薄い皮膚、鷲《わし》鼻として示しているが、これは彼女がときどき陳腐になった表現を用いている一例である。こういう表現法はスネイプを紋切り型の悪漢として振り当てるものであるし、それは反ユダヤ主義の兆候を含意さえしている。スネイプの授業は地下牢で行われるのであり、彼は明らかに、闇の魔術の教師の職務の後にくっついているし、ハリーがホグワーツ校での初日にその傷跡に刺すような痛みを感じたのは、この鷲鼻教師がクィレル先生のターバン越しに彼の方をまっすぐに見やったときのようである。『ハリー・ポッターと賢者の石』や『ハリー・ポッターと秘密の部屋』を通して、スネイプは疑わしい人物なのであって、彼がフィルチに自分の脚の傷に包帯をさせたり、賢者の石を見張っている怪物〔犬〕の三つの頭全部に同時に自分の目を釘づけにしておくという問題を説明したりするのがふと洩れ聞こえるのだった。そこで、ハリーはこれをスネイプが賢者の石を盗もうとしてきたという意味に解し、しかもその盗みはスネイプがハリーの箒の柄を突き落とすのではないかと疑われている、ハリーのクイディッチ初試合の折に行われるものと解するのである。

ローリングはスネイプを闇の瞬間にもつれさせながらも、また、こういう瞬間の判断おおよび解決が、いかなる大人の権威者からではなくて、ハリーおよびその友だちから発することを確かめることにも、うまく成功している。スネイプに対する憎悪を通して、ハリーはその怒りの多くをなし遂げている。彼にとって、スネイプはヴォルデモートの体現なのであり、そういうものとして、ハリーの両親〔ジェームズ&リリー・ポッター〕の死にも関連させられている。表面上はハリーとスネイプとの関係はほぼ不変のままなのだが、それの枠組みは『ハリー・ポッターとアズカバンの囚人』や『ハリー・ポッターと炎のゴブレット』では、意外な新事実によってすっかり一変されるのである。スネイプのジェームズ・ポッター〔ハリーの父親〕への憎悪は、後者が、一生徒の悪ふざけがほとんど悲惨なくらい悪化した後で、自分の生命を救ったときから生じている。それは人間的な憎悪なのであって、生徒の嫉妬に由来するものなのだが、これをスネイプはハリーに転化させているのだ。また、スネイプ自身の過去も暴露される。彼には秘かに変えた側面があるのであって、彼がダンブルドアから厚く信頼されているのもそのせいなのである。

スネイプの曖昧さと、変化するにつれて魅惑すると同時に依然としていかにも本当らしい人物を創りだすローリングの技《わざ》、これが、さもなくば新しい人物の到着とともに変化するだけの、安定したホグワーツ校の中に、夢中にさせるような不意打ち的な要素を加味しているのである。

ダンブルドアとスネイプにおいて、ローリングは独創的で円熟した人物を創出する能力のあることを示している。彼らはそれぞれ特殊な役割を振り当てられているとはいえ、深さと中身の濃さを有しており、これがために、彼らは自らが代表する地位を超えてしまっている。表向きには彼らは学寮物語の伝統に合致しているのだが、しかしローリングはホグワーツ校を中心的部分とした魔法世界の中へ彼らを固着してしまってもいるのである。

ローリングの書いているほかの多くのものにあってもそうなのだが、彼女がとりわけ創造的な力を発揮しているのは、何か見慣れたものの種《たね》を捉えて、これを何かほかのものに転化する場合である。ほかのホグワーツ校教師たちのうちでもっとも完全かつ最良に仕上がっているのは、もろもろの学校で馴染みの人物たちの、それと分かるものまねなのだが、ただし、彼らが教えている環境と同じく、彼らは月並みなステレオタイプなのであって、現代の教師たちのよりモダンなイメージというわけではない。魔法史――「もっとも退屈な授業になりがち」――を教える、教授陣で唯一の代用教師ビンズ先生は、その教えているることがハーマイオニーにとっては有益となるにせよ、シリーズを通して、謎めいたままであるし、そして彼が授業で伝える魔法界の歴史は、かってもろもろの学校で教えられたことのある、旧式な年代史の類いの、歴然たる模倣なのだ。ほかの教師たち、たとえば、薬草学のスプラウト先生は、『ハリー・ポッターと賢者の石』ではくっきりと固定されており、その後シリーズを通じて次第に発展させられてゆく。背が低くて、ずんぐりしており、指の爪が汚く、菌類や野外の研究に打ち込んでいるスプラウト先生は、熱心ながら、やや風変わりな生物学の教師としてたやすく見分けがつく（彼女はみんなも自分自身と同じように、彼女の課目に興味を抱くものと期待しているのである）。ハーブ研究の授業はホグワーツ校の外にある温室で行われる。これはスプラウト先生にとっては、自然探究を行うための特別の領域なのであり、彼女の授業には、植物を鉢に植えたり、根を分けたりすることも含まれているのである。『ハリー・ポッターと秘密の部屋』では、石化の呪いを治すために、不思議なマンドレイクが栽培されているのだが、これとても彼女の世話によるのである。ローリングは自ら創出した伝統的モデルからいとも容易に、マンドレイクが幼年期やとりわけ思春期を反映してどのように育ちかつ成長するかについての、見事に組み立てられた精巧なジョークへと切り換えを行っており、その際に、マンドレイクがちぢれ毛をした赤ん坊のように見えるという、正しい情報を利用したり適用したりしている。現実の情報とユーモアとがローリングの創意工夫にあっては容易に結びついているのだ。

ホグワーツ校の授業風景の描写では、ローリングはより現代風である。生徒たちは少人数に別けられた共同作業のクラスで教えられる。スネイプの恐ろしい魔法薬の授業では、ペアを組んで魔法を実行しているし、魔法生物飼育学の授業では、ハグリッドのしばしばいまいましく、ときとして危険な動物と一緒にペアないしグループで作業しているのである。『ハリー・ポッターとアズカバンの囚人』では、（現代の学校カリキュラムとはなはだしく一致して）同校で二カ年後に新科目が加えられたり、さまざまな科目――いくつかは他の科目よりも緩やかな選択科目になっている――の選択ができるようになったりして、カリキュラムが増加している。このことはまた、新任教師たちの導入をも可能にしている（とりわけ目立っているのは、ハリーがひどく軽蔑している占い学の教師で、妙に神秘的でまったく気まぐれなシビル・トレローニーである）。第五学年におけるふくろう（ＯＷＬ）〔普通魔法レヴェル試験〕とそれに続く不気味な魔法最終試験いもり（ＮＥＷＴ）――二年にわたる国家試験――についての話は、中等教育終了試験（ＧＣＳＥ）やＡレヴェルの評価を反映するものである。

ホグワーツ校の生徒たちは多量の宿題を課されている（ある生徒はフィートおよびインチで測られる、ある長さの羊皮紙を埋め尽くすことさえも含めて、嫌いな数々の細ごました課題を課せられる）。ローリングの教育に関する真剣かつ高雅な調子は、宿題の問題ではいささか強まっているが、しかし彼女は真の学習を決して退けるとかその価値を過小評価するとかはしていない。ハーマイオニーの態度はややまじめ過ぎているし、ロンとハリーは或る教師からはもっと勉強するように勧められているのだが、トレローニー先生の占い学のクラスに対しての彼らのでっち上げた不条理な神秘的な読み方へは暗黙の支持が見て取れるのである。ハーマイオニーはその知力を善用するのであり、そしてハリーにとってはなはだ貴重な、彼女の無限の知識の流れは、彼女の愛読書『ホグワーツ校史。ヨーロッパにおける魔法教育の評価』に由来している。

ハリーがその魔法の力をだんだん増してくるのも、やはり彼の教育のせいである。さまざまな授業で彼が学ぶ魔法は、ヴォルデモートに抵抗する能力を彼に養わせるのだ。『ハリー・ポッターとアズカバンの囚人』では、彼は（年齢を数年超えた魔法なのだが）ルーピン先生によって〝守護霊の呪文《パトローナス・チャーム》〟を丹念に教え込まれる。吸魂鬼《ディメンター》たちからどうやって身を護るかを知る必要があったからだ。魔力を喚起する法――自分の欲するものを自分の片手の中へ飛び入らせる術――の習得は、書物や、羽根ペンや、引っくり返された椅子での多くの練習を必要とするのだが、それは結局は一冊の辞典でうまくいくのであり、ハリーが『ハリー・ポッターと炎のゴブレット』において、三校対抗杯の最初の課題で自分に炎の閃光を呼び起こすとき、十分にうまく成功しているのであり、それが彼にヴォルデモートから逃亡することを可能にすることにより、ハリーの生命を救うことは言うまでもない。

8 家族

人種および社会への関心は大問題であるし、教育は貴重であるし、学校という閉鎖された世界は主な背景であるが、ローリングがそのファンタジーをしっかりと根づかせているのは家族においてなのである。家族の背景は、魔法世界内の社会階層の問題に関連しているがゆえに、一つの争点であるのだが、それ以上に、ローリングはいろいろの家族や、それらがそれぞれの子供に授けるものにより関心を寄せている。ローリングが創造したファンタジーの学校社会には、現実の事柄と密着してモデル化した詳細な網状組織や相互作用が備わっているが、それと同じように、彼女によるもろもろの家族もただちにそれと見分けがつく。

記述的な観点では、ローリングは家族を描述する際に、たやすくカリカチュアに陥っているのに対し、感情的な観点では、彼女は理解力があるし、かつ思いやりもある。伝統的な家族構造の中で育てられた子供の数が増すにつれて、家族のパターンが変わりつつあるときに、ローリングはハリー・ポッター物語の中心を、ウィーズリー一家の感情的力の根底に据えている。ウィーズリー家の七人の子供たちばかりでなく、ハリーもまた、ウィーズリー夫妻によって扶養されるのだ。寄宿学校という、未知な、ある理由ではあこがれの、望ましい世界におけるのと同じように、安全なウィーズリー一家が、家族とはどうあるべきかについての一つの判断基準として作用しているように思われる。ハリーの友だちにあっては、何ら複雑な家族は存在しないようだ。順応しなければならない継父、継母、継兄弟、継姉妹は存在しないし、二つの別々の家庭で時間を過ごすといった難問題も存在してはいない。

子供たちが成長し発達するには、感情的な力に頼ることが必要だと認めているから、彼女は必要な場合にはその力を注意深く与えているのである。重要な登場人物たちの家族関係を規定することにより、彼らは一つの次元性が解消され、彼女の読者たちの関心事たる感情的な深みが付与されている。若干の登場人物には完全な家族がいるのだが、兄弟・姉妹が付け加わることは、学校の枠組み内にうまく収まるし、それはまた、より広範な感情の発達を可能にもしている。こういうことはシリーズを通して、一例を挙げれば、『ハリー・ポッターと秘密の部屋』ではウィーズリー家の最年少者ジニーのホグワーツ校への到着や、『ハリー・ポッターと炎のゴブレット』ではコリン・クリーヴィーの弟デニスの同校への到着とともに生じている。

家族愛の点では、中心的な並置は、望まれていない孤児としてのハリーの愛されていない状況と、元気に満ち、愛情のこもった、大きすぎる家族内でのロンの地位との間に見られる。ロンのあり余る家族的な支えと、それが彼に与える感情的な力とが、彼をしてハリーを感情的に支えることを可能にしている。ダーズリー家のあまりにきっちりし過ぎた家庭生活における貧しい感情面と対置させて、一つにはあまりにもすし詰めのウィーズリー家での生活のゆえに、混雑した人の出入りによる、同家の温かみを同定している点で、ローリングは表面的には残酷である。しかし、容易に認めうるステレオタイプがひとたび過ぎてしまえば、ローリングの細部にわたる描述は人を動かさずにはおかない。

ダーズリー家における自ら招いた不幸は、過度の大勢順応がもたらす感情の貧困を表わすのに役立っている。この一家の不安は、自分たち自身がいかに楽しめるかということよりも、他人が自分たち自身のことをどう思うかという点のほうに関係しているのだ。ロアルド・ダールの『マチルダは小さな大天才』（一九八八年）と引き比べた場合、ローリングはほかの何かよりも社会身分についてあれこれ思い悩む家族の多い、ミドルイングランド〔ロンドン郊外、イングランド南部に住む中層階級の人びと〕を描いている点で、俗物根性《スノッブ》に訴えているのである。身分の規定は、深刻な文化的貧困を背景とした、車と休日でなされているのだ。しかも、ヴァーノンおよびペチュニア夫妻の息子ダドリーへの献身に見られるような、愛情とても、甘やかしたもの、時宜を誤ったものとして示されている。ダドリーは太りすぎていて、唯物的だ。げんに彼の多量の誕生日プレゼントとても、彼の両親の息子への愛情とこの息子の貪欲とをともに映しだすようにもくろまれているのである。ローリングのカリカチュアは痛烈だ。

ハリーがこの愛情のない家庭からてひどく拒絶されていることは、当初は彼の運命を哀れなものにするのに役立っているのだが、ダーズリー一家をかくも軽蔑的に退けることで、ローリングはハリーの悲しみを取り去るのである。ダーズリー一家から愛されないということは、それが明らかにもっに値いする愛情ではないだけに、一つの幸運なのである。

対照的に、ウィーズリー一家は愛情と家族的忠誠心との力強い絆であふれている。アーサー・ランサムの「ツバメ号とアマゾン号」シリーズにおいてツバメを形づくっている四名の家族とか、ナルニアに対する四名の選ばれた支配者（ジョン、スーザン、エドモンド、ルーシー）から成る家族のいずれかのようにきちんとはしていないが、ウィーズリー一家は、E・ネズビットの『砂の妖精』や『火の鳥と魔法のじゅうたん』の、やや無秩序な茶卓のほうにより関係が深い。ウィーズリー夫人は大量の食事を調理したり、形の崩れた作業衣を接合したり、子供たちの顔の汚れをこすり落とし続けたり、それぞれの子供の名前をごちゃ混ぜにしたり、とりわけ困ったとき——フレッドとジョージが許可なく父親の車を持ち出して乗り回し、ハリーをダーズリー一家へ迎えに行くときのように――には、うまく切り抜けたりしている。少しばかり常軌を逸しているが、心配させるほどでもない、ウィーズリー氏はと言えば、重要な一切のことでウィーズリー夫人に指導されている。

ローリングの因襲遵守は、ウィーズリー一家の描述につれて、乗り越えられていく。彼女のステレオタイプに幸福な家族は、ファンタジーの構造をもつというよりも、それをめぐって不意に持ち上がる魔法の構造をもっている。しかし、ウィーズリー家の個々の子供たち、とりわけ彼らの複雑で自然なきょうだい関係を彼女が創出したことにより、家族の理念が隠しもっている、ひどくつまらない完成状態が相変わらず退屈であることから救われているのである。

ローリングが家族内の軽口、競争心、欲求不満、なかんずく連帯責任のニュアンスを捉える能力は、ウィーズリー一家を「ハリー・ポッター」シリーズの成功にとって決定的なものにしている。

ロンがその兄たちのすべてを抱えているという問題で消沈させられていることは、はっきりしている。彼は身体にあわない中古の杖や、お下がりのねずみ〔のスキャパーズ〕をも含めて、すべてお古を持つという屈辱を味わうだけでなく、また兄たちがすでに、為すに値いする一切合財を為してしまっているという事実に苦しんでもいる。まだ学寮に残っている者たちのうちで、パーシー・ウィーズリー〔三男〕は完璧だし、フレッドおよびジョージというウィーズリー家の双子はもっとも面白く、学寮では悪魔のペアを敢行している。アントニア・フォレストもシリーズもの『秋の学期』（一九四八年）や、キングスコウト・スクールを舞台としたその続篇において、六名のマーロウ家の姉妹をもって同じような家族構成を創りだしている〔「マーロウ家の子どもたち」シリーズ〕。フォレストもローリングもともに、きょうだいの範囲を優れた目的に使用しているのだ。年長のきょうだいたちは、知識――とりわけ、学校内において起きることについてのやや詳しい知識――を伝えるためにはこのうえなく貴重なのである。「ハリー・ポッター」シリーズが展開するにつれて、ホグワーツ校についての以前の知識がより重要となる。ロンはホグワーツ校にとっては、ハリーやハーマイオニー同様に新参者なのだが、兄たちを通してこの学寮について多くのことをすでに知っているのだ。魔法使いの旧家の出であることと、ホグワーツ校についてのかなりな、貴重な内部知識を有していることのコンビネーションのせいで、当初、彼にはその貧乏よりまさる、学寮社会内での地位が与えられるのである。

　六名の兄弟たちの関係のうちに、ローリングは温かみとユーモアと、会話へ傾ける素晴らしい耳とを証示している。パーシー自身は少々謎めいているのだが、彼の人となりは、彼への絶え間ないいじめを通してはっきりさせられてゆく。自分の監督生のバッジを完璧に絶え間なく磨くようにさせられていることを鼻にかけている彼についてのからかいは、ローリングが生まれつきの母としての誇りにうまく対照させている、素晴らしくて納得のゆく、兄弟間のからかいとなっている。『ハリー・ポッターと賢者の石』では、パーシーは監督生に二つの客室が予約されている列車の前部に乗ることになろう、と誇らしげに告げている。フレッドとジョージは念のいったジョークをとばして、パーシーが監督生だとは知らない振りを装うのだが、他方、ウィーズリー夫人は彼の監督生としての地位を認めて、彼の新しい衣服をそろえている。

『ハリー・ポッターと炎のゴブレット』では、今や魔法省で働く、やや年を取ったパーシーなのだが、上司パーティ・ジュニア・クラウチ氏への追従から大鍋の底の厚みの規格化に関するレポートを作成するため静粛を要求するときには、いつもの彼の尊大さを見せている。ローリングが書き続けている、弟たちの絶え間ない嘲弄は、兄弟たちの間での絶対的信頼性のためには異例にも良性であるにせよ、機知に富んでいることに変わりはない。

ウィーズリー家の双子フレッドとジョージにおいて、ローリングはいかにも本当らしい、独立した双子の一組みを創出している。つまり、フレッドとジョージは、ハリー、ロン、ハーマイオニーというより真面目な三人組に対する軽い解毒剤なのだ。彼ら双子は、学寮につきまとうより隠微な魔法に携わりはしないし、また、魔法をそれのより高度な目的のために用いることもしない。彼らのトリックはみな、ジョークやわるふざけの類いなのであり、ホグワーツ校が彼らを訓練させようとしている真剣ないかなる魔法形式からもほど遠いものなのだ。一緒に居て面白く、スポーツのうまいフレッドとジョージには、ひとかけらの犯意もないのであり、彼らは大半の現代の学校におけるよりも、学寮物語の伝統においてより見馴れた、古典的な〝良種の〟生徒たちなのである。

そもそも『ハリー・ポッターと賢者の石』が当初から、ほとんどすっかりホグワーツ校内での出来事を扱って以来、何らかの意義を有しているのは、同校でのこの兄弟たちだけなのだ。ウィーズリー家の長男ビルと次男チャーリーのことはほとんど言及されていない。魔法世界の別の領域——一つは銀行業、一つはルーマニアでのドラゴン研究——における彼らの活動は、この地図を拡大するのだが、別段たいして詳述はされていない。ロンの妹ジニー（ホグワーツ校に入学するにはまだ若すぎる）とても、謎めいた人物である。

シリーズの各巻が続いていくにつれ、『ハリー・ポッターと秘密の部屋』でのジニーの活発な役割にもかかわらず、彼女は依然として謎の人物のままであり、目立った身体上の記述——これは彼女の兄弟たち全員になされている——でさえ不足している（彼女が家族特有の、赤毛であることを除いては）。ローリングはジニーに関して一つの視点を与えることを避けていて、兄弟たちが彼女について多くを語ることも決してないし、また彼女については学寮の中でいかなる人物寸描も行われていない。ハリーが近くに居るときにはいつでも赤面する傾向があるといったような、彼女への言及とても、ただ彼女をけなすのに役立っているだけである。

『ハリー・ポッターと炎のゴブレット』では、物語は周辺がはなはだしく拡がり、非ホグワーツ校的な舞台が最大になっており、ハリーは初めてウィーズリー家の長男ビルや次男チャーリーと出会うことになる。チャーリーのドラゴンに従事した仕事は、彼の焼けた両腕や健康的な日焼け色——戸外生活をはっきりと示すもの——によって確証されている。ローリングによる彼についての描述は平凡であり、彼を魔法的としてすぐに目立たせるものとか、読者のさらなる興味を引くようなものはほとんどない。

対照的に、ウィーズリー家の長男ビルにあっては、ローリングはできる最善を尽くしている。その魔法の技が見馴れたもののうちでも気のきいた部類に属するという、一つの人物像を創りだしている。ハリーはビルが魔法使いの銀行グリンゴッツで働いていることや、彼がホグワーツ校の男子の先輩だったことを知る。したがって、ハリー（および読者）は、現代風のイメージでの押しの強い都市銀行家と結びついた、パーシーの浮き出された一昔前の姿を期待することになる。ところが逆に、ローリングは不意打ちを食らわせるのだ。ウィーズリー家の長男ビルはポニーの尾一本と一個のイヤリング——魔法のタッチを与えるための牙《きば》——を持っている。より若いハリーにとっては、ビルは平静さの体現なのだ。散髪することもイヤリングを外すこともしたがらないことにウィーズリー夫人〔母親〕がちぇっと絶望の声を発したことで強められている、現代若者の、それとはっきり分かるごちゃまぜ《パスティシュ》をビルで行うことにより、ローリングはウィーズリー家をめぐっての魔法がますます面白くなるような、しっかりした基礎をつくっているのである。ホグワーツ校自体と同じく、混雑した、陽気なウィーズリー家は、たとえ現実と多くのことを共有していないにせよ、虚構の制度としてお馴染みであるし、また魔法的なタッチ——ひとりでに皮がむけて鍋の中へ飛び込むじゃがいも、生きている庭小人《こびと》、家族の別々の成員がどこにいるかを告げ知らせる時計——の付加は、この一家をいかにもありそうなものに見せている。

ウィーズリー家が非常に重要なのも、一つの制度としてなのだ。幸福な家族がどうあるべきかということの一つの典型として、ウィーズリー家は、シリーズの各巻を通してだんだんと成長していく。ハリーがこの一家を初めて訪問し、この家族の仲間にすぐさま入れられたことにより、彼には新しい力が与えられるのであり、そしてまた特に、彼自身の今は亡き両親との接触すらも彼には可能となるのである。

ハリーとロンとのそれぞれの対照的な家族関係が『ハリー・ポッターと賢者の石』においてくっきりと表現されるのは、〝みぞの鏡〟でそれぞれが自分の心を眺めるときである。

彼らはそのときにはそれが分からないのだが、読者たちはその鏡に書かれている〔逆さまに書かれている〕ことを解読して発見するであろう。でも、鏡は彼らがもっとも知りたがっていることを彼らにやがてあばくであろう。ハリーは自分がどこからやって来たかを知ろうと必死になり、周囲に立っている群衆と一緒の自分自身の絵を見つける。鏡像は、ホグワーツ校や、魔法界におけるほかのどこかの絵と同じく、動くものである。ハリーがよく見ると、自分の目とよく似た目をしている美しい一人の婦人が彼のほうに手を振って合図をしているように見えた。彼はまた、彼女が笑っていながら、泣いてもいることに気づく。彼女の隣にいて、しかも彼女の身体に片腕を回しているのは、乱雑な黒髪をし眼鏡を掛けた一人の男だ。ハリーの髪の毛と同じく、その男の髪の毛も後ろが直立している。ハリーはこの鏡像が自分の両親だということを徐々に理解することになる。さらにもっと鏡の中をよく見つめると、ほかの者たちも同じ目、同じ鼻、さらには彼のと同じような、こぶのある膝さえもっているではないか。彼らは彼が生涯で最初に見る、彼の家族なのであり、この鏡は彼に喜びと恐ろしい悲しみとの混合物をもたらすのである。

対照的に、ロンはと言えば、彼もまた彼が目的を達しつつある兄弟たちと並んで、自分を貴重と感じさせるために特別な何かをするだろうことをしきりに知りたがっている。彼が鏡のうちに見る像は、男子の先輩としてばかりでなく、クイディッチのキャプテンとしての自分自身の姿でもあるのだ。彼の野心的な夢は実現されることになる。

ハリーの感情的な成長は、両親が実際に自分を愛していたことを知ることにかかっている。彼は母親が夢の中でヴォルデモートに彼の命を助けてくれるように頼むときの声を聞くことができることで、支えられると同時に苦しめられもしている。かつてホグワーツ校において、ハリーは鏡の中や、ハグリッドに手渡された写真の中で両親の姿を見たことで、もっと大きな支えを得たことがあった。こうした両方のことから、両親は彼に合図をして、彼らの愛情を証明しているのである。こういうすべてのことを通して、ハリーはたいそう愛されていたのだと確信できるのである。彼はウィーズリー夫人の母親的な養育振り《マザーリング》を、自分自身の母親の代理としてではなく、自分が失ったものの身体的具現として吸収することができるのである。

『ハリー・ポッターと炎のゴブレット』において、ドラコ・マルフォイがウィーズリー夫人について軽蔑し、そしてハリーがお返しにマルフォイの母親をののしるときの、ハリーとマルフォイとの間に勃発する大げんかは、誰かほかの者の母親を〝ののしる〟という、もっとも深刻な〝ののしり〟のプレイグラウンドでの、針の鋭い魔法使い版である。

家族の絆の重要性は幾度となく繰り返し言及されている。ホグワーツ校では同じきょうだいたちは、同一の学寮に入ることが要求されている。彼らは必要なときには互いに支え合うのである。はっきり正邪の定まっているローリングの世界では、ロンのような善良な人びとは善良かつ好ましい家族の出身なのだ。ハーマイオニーの家族はマグルであり、したがって謎めいているけれども、やはり問題なく受け入れられるものなのである。

対照的に、ドラコ・マルフォイの両親は予想されうるとおりの、不愉快な人びとである。『ハリー・ポッターと秘密の部屋』の冒頭で、夜の闇《ノクターン》横町のボージン・アンド・バークスの店でルシウス・マルフォイ〔ドラコの父親〕が不法な品物を入手しようとしているところで、ハリーは初めて出会う。ところが母親のナルチッサ・マルフォイは『ハリー・ポッターと炎のゴブレット』に至るまで現われないし、しかも彼女はドラコ同様に、ブロンドとして大ざっぱに片づけられている（彼女がいつも意地悪で不満気な表情をしていなかったとしたら、ドラコは魅力的だったかも知れない）。

秘密の部屋からロンがジニーを救出するときとか、もっと劇的には、『ハリー・ポッターと炎のゴブレット』において、三校対抗杯の第二課題でボーバトン校のチャンピオンのフレールが、妹のガブリエルを——「彼女がいないともっともさびしがるであろうもの」であるために——救出しなくてはならなくなる場合のように、きょうだい愛や忠誠心のもつ牽引力は、C・S・ルイスの『ライオンと魔女』において白魔女の魔力からエドモンドを救出するときの、ピーター、スーザン、ルーシーの役割を反響させている。

家族において起こりうる最悪のこと、それは強い家族の絆の崩壊である。『ハリー・ポッターと炎のゴブレット』では、クラウチ家がまったく機能不全としてさらけ出されている。バーティ・ジュニア・クラウチが死食人《デス・イーター》たちに加わって、父親に対して、闇の魔術に対する闘いへの忠誠と、家族の忠誠との間で選択を強いたのだ。父親にとっては、息子をアズカバンの恐怖に託すことは、まったく恐ろしい罪として描かれている。息子が父親に背いた行動をすることは、バーティ・クラウチのように、父親を殺すことはむろんのこと、許されないことだ。

トム・マールヴォロ・リドル（Tom Marvolo Riddle）として生まれた〔これをアナグラムにして自称した〕ヴォルデモート卿（Lord Voldemort）の家族的背景も、彼の邪悪さへの寄与においてははっきりと出ている。彼の母親が彼を出産すると同時に死ぬのは、マグルの彼女の夫が彼女が魔女だと知って彼女を捨ててからのことなのだ。ヴォルデモートはマグルの孤児院で育てられるのだが、やがて高齢の両親と一緒に住んでいる彼の父親を探し出し、この三人をすべて殺害してしまう。

「ハリー・ポッター」シリーズにおいて、家族や家族の忠誠心を中心的支えにしていることは、このシリーズのなかに流れている深い伝統主義のもう一つの例なのだ。それはまた、現代の子供たちにとって深く頼もしい、感情的な避難所を供してもいるのである。

Ⅲ　むすび

9 『ハリー・ポッター』の効果

一九九七年に『ハリー・ポッターと賢者の石』が出版されて一年もたたないうちに、それは出版物としては前代未聞の成功を収めた。児童書はまず大人が、それから子供たちが採り上げ、宣伝するのに時間がかかるので、伝統的にゆっくりと成功を収めるものと相場が決まっている。この本はたちまち有名になったし、そうなりうることにより、児童が真に読書に楽しみを見いだすのは何なのかについての表明を行ったも同然だった。こういう成功は他の児童書にも影響を及ぼさずには措かなかったし、児童書の読者にとっての適性や、児童書の可能性についての問題を提起したのである。

『ハリー・ポッターと炎のゴブレット』が二〇〇〇年七月に出版されたときには、児童書からの少年魔法使いハリー・ポッターは公衆の意識の中に浸透していた。ハリーおよびその原作者は児童書の世界、もしくは出版・読書界の枠をはるかに超えたところへ踏み出していた。彼らの名前はクイズ番組やクロスワードパズルでも流行していた。ハリーは子供たちにとっても大人たちにとっても、魔法や楽しみと同義語になったのだ。ローリングはといえば、彼女は——どの作家にとってもはなはだ異常なことながら——ポップスターの座を与えられていたのである。

一冊の児童書が読者に一つの新しいイメージ、読書に関しての新しい楽観論、とりわけ、児童書において何が可能かについての新しい考え方を切り開いたのだった。それは児童、幼年時代、およびその文化への一つの新しいアプローチをもたらしさえしたのである。「ハリー・ポッター」シリーズが子供たちの世界で圧倒的な成功を収めた結果、読書の状態やイメージが塗り変えられてしまった。一九七〇年代から八〇年代にかけてはロアルド・ダールが児童に知られた作家であったし、児童が彼の本を喜んで読んだり論じたりするのが見受けられたのとちょうど同じように、J・K・ローリングも一歩をさらに押し進めたのだった。児童は今や「ハリー・ポッター」シリーズを喜んで読むのが見られるばかりか、それを誇りにしていたし、そしてその喜びはあまりにも大きかったので、両親にもそれを共有して欲しいと望みもしたのである。「ハリー・ポッター」シリーズはあらゆる読書の溝を交差させる接近可能な物語集だった。それらはあまりに文学的でも、あまりに大衆的でもなかったし、あまりに困難でも、あまりに平易でもなかったし、あまりにヤング向きでも、あまりに老人向きでもなかった。ローリングの明白かつ予見可能な組み立てられ方の散文スタイルは、とりわけ失語症の読者たちを相手に働いている人たちによって称賛されたのであり、こういう患者たちでもこうした一見難解な本を読んだり楽しんだりできることが判明したのだった。ことに子供たちにとっては――また大人たちにとっても――、ハリー・ポッターの世界を知ることが重要となった。作中人物やその行動についての会話が有効な通貨となった。他のマス・メディア、とりわけテレヴィジョンの到来以来、初めてシリーズ物の児童書が〝フレンズ〟とか〝ネイバーズ〟といったテレヴィ・シリーズに匹敵する文化的位置を占めることになった。こんなことは、読書、とりわけ児童の読書がことさら高くは評価されなくなった時代には、想像し難いことのように思われたのである。

『ハリー・ポッターと賢者の石』が出版されたのは、子供たちが二様に考えられていた時代だった。一方では、子供たちはますますがきのようになり、利己的で、消費好きで、思いやりがなくなり、貪欲になっている、といったように区分けされつつあった。英国では、共同社会の観念が系統的に破壊された反面、共同の幸福の重要性が忘れ去られて、唯物論と自己宣伝の必要が喧伝されるような社会の中で、子供たちの一世代が成長していたのだ。子供たちはしきりに楽しませてもらいたがり、想像力をよく受け入れるだけの、無邪気な人間ではもはやなくなっていた。彼らは要求の厳しい、かつ物知りになっていたのだ。

他方では、幼年時代はかつては幸福と自由の時代、養育の期待を孕んだ無事の時代と考えられていたが、それは伝統的な家族パターンが移動・変化し、ときには子供たちを当惑と不幸の状態に放置するようになるにつれて、一変していたのである。

こういう背景のもとで、児童書は家庭的・文化社会的パターンの変化しつつある現代社会に対して楽天的で現実主義的な見方を与えるために常に懸命に奮闘してきた。こういう変転していく社会を反映させるために、一九七〇年代中葉以来、児童書の出版は社会現実主義に、もっぱらというわけではないが、著しく集中してきた。一九五〇年代、六〇年代、七〇年代の、楽天的で、再生的な戦後の数十年に比較して、八〇年代さらには九〇年代のはなはだ異なる社会風土を反映させるためにも、また、読書をより妥当かつ接近可能なように見せるためにも、児童書は若干の目立つ例外はあれ、主題に関しては社会論評ないし現実主義の道をたどったし、そして、執筆に関しては簡略さを強調してきたのだった。

児童書はそれが出版された社会の諸問題を訴えかけるのに責任ある役割を演じたのであり、それは新たに形成された家族の諸問題を多くの物語の中心にしてきたのである。アン・ファインの『ダウトファイア夫人』(一九八七年)や『ぎょろ目のジェラルド』(一九八九年)は、両親の離婚が子供たちにひどい冗談はいうに及ばず、どれほどの苦痛を引き起こしたかについて両作品とも極めて精密であろうとこれ努めたものなのだが、それらは継親との対処の仕方について、大概あまり楽しくはないが、フィクションの一世代を惹起した的な、ほとんど一人称の語りで支配するようになる。

のだった。ファインよりも少々若い読者のために、ジャクリーン・ウィルソンは一九九〇年代の当代家庭生活の図表を、なかでも『トレーシー・ビーカー物語』（一九九一年）、『キッドのスーツケース』（一九九三年）、『二重の行い』（一九九五年）といった書物の中で、生動的な、ほとんど一人称の語りで支配するようになる。

子供たちの安全への増大しつつある恐怖は、のどかな生活としての幼年時代なる観念にとって、無関係だが、しかしまた脅威でもあった。結果として、幼年時代の自由は浸食されつつあったのだ。大人なしに活動する子供たちが、かつてはアーサー・ランサムの『ツバメ号とアマゾン号』や数十年間を通してのこれの多くの後継者たちのような児童書――もっともポピュラーなのはイーニッド・ブライトンの「五人の子ども名探偵」シリーズ（一九四二年以後）。アラン・ガーナーの『ブリジンガメンの魔法の宝石』（一九六〇年）、ペネロピ・ライヴリーの『ささやく騎士たち』（一九七一年）。さらには、ニーナ・ボーデンの『帰ってきたキャリー』（一九七三年）、ロバート・ウェストールの『〝機関銃要塞〟の少年たち』（一九七五年）を擁する、第二次世界大戦のフィクション（両親が気まぐれな戦争で奪い去られる）――において顕著な役割を果たしていた。二〇世紀末期には、こうした自由は子供たちに不必要な危険を冒すようそそのかすかもしれないので、文学では可能ではなくなった。現実においても物語の中でも、子供たちは安全への恐怖が増大するにつれて、過保護にされるようになったのだった。

社会現実主義のおなじみのものには、むろん例外もあった。旧式の学寮物語が絶え間なく再刊されたり再包装され続けてきたのと同じように、ほかのファンタジー物も依然として書かれてきた。リッチマル・クロンプトンの『ウィリアム少年』物語のような古典〔四十余冊〕の再刊（とりわけ、マーティン・ジャーヴィスによって録音テープに吹き込まれたことによる）や、エヴァ・イボットソンの『プラットホーム一三番線の秘密』（一九九六年）（これは多くの点でハリー・ポッターともっとも関係深い先駆けであった）、ヘンリエッタ・ブランフォードの歴史的『火とベッドと骨』（一九七九年）、スーザン・プライスの歴史／科学フィクション『スターカムの握手』（一九九八年）のようなファンタジーに対しての、大人および子供たちの間での広範な熱狂からも見て取れるように、児童書におけるセックスや麻薬についてのショッキングな見出しを掲げうる場合には、特にメディアの注目が社会現実主義に向けられているにもかかわらず、子供たちはというと、今なお他の種類のフィクションを読んだり楽しんだりしているのである。

　だから、ハリー・ポッターはユニークだったわけではなくて、むしろそれは予感されうる成功の波に逆らって出版されたのだ。書物というものがそれのもつメッセージの観点から語られるのが普通だった時代に、ローリングの旧式な学寮物語の冒険は伝統的慣行に挑戦したのである。その成功はハリー・ポッターが供する逃避主義を子供たちが楽しんでいることを示した。かくも単純、かくも無害で、とりわけ、かくもユーモラスな何かが享受された結果、児童書や、それどころか子供たち自身に対しての態度にも深い影響を及ぼしたのだった。いささか誇張して言うだけに留めても、それは子供たちに新たな振る舞いをもたらしたのだ。ハリー、ハーマイオニー、ロンは魅力があり、礼儀正しく、かつ興味深いように見えるし、また彼らの世界の最良部分もそのように見えるのと同じく、結果としては、同じように魅力のある性格を子供たちに吹き込むことになったのだ。がきどもは消費志向が強いという既成概念は今や、子供たちは進取の気性をもち、真面目で、発想に富みうるのだとの観念で反撃されつつある。ホグワーツ校の生徒たちの伝統尊重と体制順応振りは、多くの人びとが望ましいと思う幼年時代への一つのモデルを供してくれている。

出版事象としては、かつてハリー・ポッターほど大きいものは児童書では——大人の本においてさえほとんど——起きたためしがない。出版とりわけ児童書の出版は、伝統的に、利益追求だけのものとは考えられていないし、書物が或る地位を占めるのは、金銭的報酬というよりも、文学的価値とか学問への貢献から見て値打ちがあると考えられるからというのが通例だとはいえ、出版とても一つのビジネスであるし、だんだんとそうなってきている。ところが、ハリー・ポッターはこのビジネスの相貌を一変してしまったのである。

出版社は無理もないことだが、正確な販売部数については慎重だし、部数が引き続き伸びるスピードのこともあるから、総括はいささか無意味なのである。若干のスナップでも、ハリー・ポッター出版の規模を理解する一助となろう。つまり、『ハリー・ポッターと賢者の石』の出版後の四年間で、「ハリー・ポッター」シリーズの世界規模の総販売部数は一億部を超えた。二〇〇一年七月、『ハリー・ポッターと炎のゴブレット』の英語ペーパーバック版が店頭に現われるや、二日間だけでほぼ一〇万部の売り上げを記録した。同じタイトルが二〇〇〇年七月にハードカヴァーで刊行された日の売り上げ部数は二五万部を超えていたのである。『ハリー・ポッターと炎のゴブレット』の英語ペーパーバック版が刊行された週の、「ハリー・ポッター」シリーズは、収益ではトータルの四%、児童書市場の二八%以上を占めた。しかも、同じ週に、四冊の「ハリー・ポッター」シリーズは児童書ベスト一〇のうち上位の四つを占め、ローリングがコミック・リリーフのために刊行した小さなジョーク本――ニュート・スキャマンダー『幻の動物とその生息地』(二〇〇一年)、およびケニルワージー・ウィスプ『クイディッチ今昔』(二〇〇一年)――も次の二つを独占し続けたのである。総計では、「ハリー・ポッター」シリーズの販売部数は、前年は毎週約一五万部を記録したことになる。

これらの数字はいかなる児童書と比べても桁外れである。やはりベストセラー作家であるフィリップ・プルマンとジャクリーン・ウィルソンでさえ、まったく顔負けの販売数である。フィリップ・プルマンの「ダーク・マテリアル」三部作は一九九五年刊行の『黄金の羅針盤』以来、英国市場で売り上げたのは百万部である。ジャクリーン・ウィルソンの本の各週の売り上げは二〇〇一年四月から六月にかけての期間、平均して毎週約一万六〇〇〇部だったが、ただし五三のタイトルを通してなのである。『ハリー・ポッター』の販売部数が示していることは、かつては明らかに読者が欠如していたところに、今や大勢の読者が存在するらしいということだ。ローリングがその面白い物語り行為とその時宜を得たユーモアのセンスを通して、新しい読者を獲得しつつあることは明らかである。

この圧倒的な成功は、ほかの本や著者たちにも何か為しうるのではとの期待を高めた。それはまた、子供たちが読みたがっているものについての認識をも一変したのだった。

＊　＊　＊

ローリングは今や国際的なスーパースターとなっており、通常はポップスター、映画スター、サッカー選手、スーパーモデルだけに向けられるような類いの注目をメディアから浴びている。こういう変動は、作家の身分や、社会の階級組織における作家の位置に影響を及ぼしてきている。それは児童書を大人たちに注目させたし、児童書がいかに報われるものであり面白いものでありうるかを示した。フィリップ・プルマンの『黄金の羅針盤』（ちょうど三年前に発刊された）や、「ダーク・マテリアル」三部作におけるその後の各巻は、こういう重要なメッセージを強化するものだった。その影響としては、児童書も現代文学への真摯な貢献としてもっと受け取られて然るべきだということになってきている。

より具体的には、『ハリー・ポッターと賢者の石』の成功が歴然となってからというもの、あらゆる出版社――および他のメディアで働いているすべての人びとも――が、同じ衝迫を有するような書物をほかに探し求めだすようになってきている。魔法、ファンタジー、学寮を扱ったものなら何であれ、『ハリー・ポッター』の立派な後継人であるとすぐさま想定されたのだった。以前にはまず当代の社会問題を扱ったタイトルをいろいろと産み出してきたなかにあって、このことは意義深い一つの転回だった。「あなたがハリー・ポッターを楽しんだのなら、きっとこの本も楽しめるでしょう」というメッセージをもつ帯の付いた本が続出した。一九七〇年代に『クレストマンシー』物語を出版したダイアナ・ウィン・ジョーンズのような確立した作家の幾人かは、過去四年間には、旧著を魅力的な新版にしたうえで、再び注目に浴することになった。ローリング自身も楽しんだことが知られるに至ったファンタジー――マリアがコーンウォールの神秘な家に滞在して、魔法生物ユニコーンに遭遇する物語たる、エリザベス・グージの『まぼろしの白馬』（一九四六年）のような――も、新たな読者を引きつけるのに十分な、彼女の陶酔に支持されて、再刊を見るに至った。ダレン・シャンの『奇怪なサーカス』（一九九九年）のように、次の主要ファンタジーの一つとして歓呼して迎え入れられた、新しいファンタジー作家たちもまた、流行の変化から利益を得ている。

ローリングの異例な成功は、多くの方面で、常にブルームズベリー社の賢明かつ粘り強いマーケティングのせいにされてきた。『ハリー・ポッター』の成功はそれのマーケティングの後押しにはるかに勝ったとはいえ、この本に生じたことは、その後の主だった児童書をいかに出版し、いかに売り出すかに関して、相当の影響を及ぼしたのだった。

アダルト・ブックスとは違って、児童書にははなはだ穏やかなマーケティング以上のことがなされた例はほとんどない。ロアルド・ダール、ディック・キング＝スミス、アン・ファイン、そしてより最近では、ジャクリーン・ウィルソンやフィリップ・プルマンといった主だった著作家たちは、児童書の世界という狭い範囲の中で、ごく小規模に出版社によっていつもうまく宣伝されてきた。だが、書物以外の直売店での大々的なキャンペーンはほとんど耳にしたことがない。児童書の著者のための最初のテレヴィ宣伝は、二〇〇一年春、ロアルド・ダールのためにパフィン社によってなされた。『ハリー・ポッターと炎のゴブレット』英語ペーパーバック版のためには、ロンドンのバスでのポスター・キャンンペーンが行われた。以上の二例は例外であるが、主要な新刊書はすべて今や、かなりの宣伝で後押しされている。新しいタイプの目立ったマーケティングを引き寄せた本のもっとも最近の顕著な例は、二〇〇一年に刊行されたイオイン・コルファーの『アルテミスの鶏』である。この魅力的な事件展開の冒険は、妖精、小鬼、そして大量の高価な科学技術を含んでいる。コルファーは出版社から、J・K・ローリングの成功の何がしかから利益を得られればと望まれている多くの作家のうちのひとりなのだ。

ハリー・ポッターが読者としての子供たちのためになしたことは、書物がいかに出版されるかということよりも重要であろう。ひところ、出版者たちが採用した見解は、読者を発見したりつくりだしたりする方法は、特別なマーケットのために出版すること――換言すると、書物はその著述の品質とか、物語り行為の力とかによるよりも、その読者層によって規定される――というものだった。結果、書物は新しい読者――とりわけ過去に読者ではなかったことがもっともはっきりしているグループ――を魅きつけようとすることになる。それは少年たちなのであって、彼らは嫌がる読者とレッテルを貼られたカテゴリーの先頭に立っているのである。

子供たちの読書は今や、レクリエーションの事項というよりも教育の一部となっている。生徒たちの需要についての知識をもとに、学校が選んだ本というものは、著述の観点から正当な水準に高さを決められているか、あるいは、これが子供たちのいつも反応しているかに思われてきたことであるがゆえに、正当な主題を含んでいるか、のいずれかである。

ローリングは、子供たちが読みたがっているものは立派な話（若干の真剣な問題をも考察する）であることを示すことにより、そういう知恵を頂上に置いたのである。ローリングは大人を媒介させることから離れたところに子供たちの読書を連れ去ったのだ。彼女は、物語が子供たちに想像力、刺激、情動的な糧《かて》を供するときには、彼らは読むことができるし、しかも熱中して読むことができるのだということを示したのである。彼女は子供たちのために文化の流行を、刹那《せつな》的な満足感の性急な注射とか、たやすく同定されうる現実に基づいた物語とかから離れたところに振り向けた。彼女は、大人たちと同じように、かつ責任をもったやり方で振る舞える子供たちの潜在能力に関して楽天的なファンタジーの中で、因習尊重や伝統固執を魔術と結びつけたのである。

訳者あとがき

世界を風靡《ふうび》しているローリング作「ハリー・ポッター」シリーズは今や四七カ国語に翻訳され、一億二〇〇〇万部の発行を数えるまでに至っている。ワーナー・ブラザーズの映画は二〇〇一年十二月一日、日本でも封切りされたし、ビデオも発売予定である。いったい、これほどの人気を集めた原因は何なのか？　〝魔法物語〟がその一因であることは大方の認めるところであろう。そのことは日本でも出ているサイドブックのタイトルを一瞥すれば歴然としている。「魔法の世界」、「魔法世界ガイド」、「魔法の読み解き方」、「魔法の学校へ入学！」といったように。そのためか、合衆国の一部原理主義者たちからは、「ハリー・ポッター」を禁書にすべきだという運動さえ生ぜしめた。

だがこれが正鵠を射ていないことを、本書の著者エクルズヘアは鋭く剔抉して見せてくれている。「ハリー・ポッター」の奥義は魔法にあるわけでは断じてないのだ、と。もっとも、最近出版されたP・グレゴリー卿の『邪悪の石』（同朋舎、二〇〇二年）によれば、「本当は恐ろしい」本ということになりかねないのだが。現在までは英語で四巻までしか出版されていないが、とにかく、これらを通して読み取れる限りでのローリングの思想背景を見事に繙読している点で、本書はこれまでに市場を賑わせている浅薄極まりないサイドブックの類いとは大いに趣きを異にしていると言ってよい。

一つには、手堅い児童書の研究書の発行で著名なコンティヌーム社の出版物であることにも関係しているのであろう。同社は『児童文学百科事典』（二〇〇一年）という大著（八六四頁）をも上梓しているのである（ちなみに、同社からはフィリップ・ネルの『小説「ハリー・ポッター」入門』も“Continuum Contemporaries”シリーズの一冊として出ており、やはり而立書房から邦訳が出ている）。

エクルズヘアは作家・ブロードキャスター・講師であるほか、「ガーディアン」紙の児童書編集者をも務めている。女史は過去八年間ネスレ・スマーティーズ賞の審査員長や、ブランフォード・ボアス・小説一席賞の審査員長をも務めており、ウィットブレッド児童書賞の審査員でもある。二〇〇〇年にはエルノア・ファージョン賞を受賞。数篇のアンソロジーのほか、『宝島——幼児の読書への婦人の時間案内』（BBCブックス）、『小説「ハリー・ポッター」案内』（本書）、『ビアトリクス・ポターからハリー・ポッターへ——児童作家たちの肖像』（ナショナル・ポートレート・ギャラリー）がある。BBCのラジオ4《フォー》にレギュラー出演している。

原著（《Contemporary Classics of Children's Literature》の一冊）が未刊のとき、拙訳はタイプ原稿からなされた。その後、原著を入手したため、若干の手直しをした。それにしてもエクルズヘアの該博な児童文学の知識と、英文の難解さにはずいぶんと苦労させられた。おそらくまだ生硬な間違いを冒してはいまいかと危惧の念を抱かざるを得ない。大方のご教示を賜れば幸いである。

書房の宮永捷氏には、毎度のことながら特急的な作業に全力で取り組んで頂き、深く感謝したい。「ハリー・ポッター」シリーズ全七巻が出揃えば、本書の続篇がきっと執筆されるに違いないが、とにかく現在のところは本書を早く江湖に送り出すことを、版元よりも求められているからである。

二〇〇二年四月十六日　行徳にて

谷口　伊兵衛

（付記）

拙訳では原則として原作の引用は邦訳（静山社）に従ったが、必ずしも一致していない点もある。邦訳されている作品は、その題名を採用した。なお、もっとも参考にしたのは、F. Schneidwind, *Das ABC rund um Harry Potter*（Lexikon Imprint Verlag, Berlin 2000）である。

索　引

カ行

サ行

タ行

ナ行

ハ行

マ行

ヤ行

ラ行

ワ行

〔訳者紹介〕

本名：谷口　勇

1936年　福井県生まれ
1963年　東京大学大学院西洋古典学専攻修士課程修了
1970年　京都大学大学院伊語伊文学専攻博士課程単位取得
1975年11月～76年6月　ローマ大学ロマンス語学研究所に留学
1992年　立正大学文学部教授（英語学・言語学）
1999年4月～2000年3月　ヨーロッパ，北アフリカ，中近東で研修
主著訳書『ルネサンスの教育思想（上）』（共著）
『エズラ・パウンド研究』（共著）
『中世ペルシャ説話集』
「『バラの名前』解明シリーズ」既刊7冊
「『フーコーの振り子』解明シリーズ」既刊2冊
「アモルとプシュケ叢書」既刊2冊
「教養諸学シリーズ」第一期7冊ほか多数

小説「ハリー・ポッター」案内

2002年5月25日　第1刷発行

定　価　本体1500円＋税
著　者　ジュリア・エクルズヘア
訳　者　谷口伊兵衛
発行者　宮永捷
発行所　有限会社而立書房
〒101-0064　東京都千代田区猿楽町2丁目4番2号
振替00190-7-174567/電話03（3291）5589
FAX 03（3292）8782
印　刷　有限会社科学図書
製　本　大口製本印刷株式会社

ISBN 4-88059-286-2　C 0098